EX LIBRIS

Aus der Bibliothek von:

Die drei !!!

Die drei !!!

Maja von Vogel

Die drei !!!

Falsches Spiel im Internat

Kosmos

Umschlagillustration von Natascha Römer-Osadtschij, München
Umschlaggestaltung von Friedhelm Steinen-Broo, eSTUDIO CALAMAR

Weitere Bände dieser Reihe siehe S. 129

MIX
Aus verantwortungsvollen Quellen
FSC® C014138
FSC www.fsc.org

Gedruckt auf chlorfrei gebleichtem Papier

ISBN 978-3-440-12134-4

Redaktion: Anna-Maria Bodmer
Produktion: DOPPELPUNKT, Stuttgart
Satz: DOPPELPUNKT, Stuttgart
Printed in the Czech Republic/Imprimé en République tchèque

Die drei !!!

Falsches Spiel im Internat

Regenwetter und *Girls-Talk*

»Ich liebe Schoko-Muffins!« Kim biss in ihren Muffin und ließ sich die kleinen Schokoladenstückchen auf der Zunge zergehen. Sie schloss einen Moment genießerisch die Augen. Dann nuschelte sie: »Sag bloß, die hast du selbst gebacken?«
Marie nickte stolz. »Extra für euch. Ich dachte, bei dem Wetter könnten wir eine süße Stärkung gebrauchen.«
Franzi nahm sich ebenfalls einen Muffin. »Und ob. Auf dem Weg hierher bin ich ganz schön nass geworden.«
Draußen fiel schon seit Stunden ein feiner Nieselregen und hüllte das Penthouse in einen Schleier aus Nässe. Für Mai war es viel zu kalt. Darum hatten die drei !!! beschlossen, den Sonntagnachmittag ganz entspannt bei Marie zu verbringen. Sie hatten es sich im Wohnzimmer auf dem weißen Ledersofa bequem gemacht, schlürften dampfenden Früchtetee und futterten Muffins, während im Kamin die Flammen knisterten. Marie hatte überall Kerzen aufgestellt, die warmes Licht verbreiteten.
Kim seufzte zufrieden und wischte sich einen Schokoladenkrümel aus dem Mundwinkel. »Ist das gemütlich! Und so schön ruhig und friedlich. Du weißt gar nicht, wie gut du es hast, Marie. Bei uns war heute schon wieder die Hölle los.«
»Wieso?«, erkundigte sich Marie.
»Ben und Lukas wollen neuerdings unbedingt berühmte Rapper werden«, erzählte Kim. »Sie hören rund um die Uhr irgendwelche Rap-Songs, natürlich in voller Lautstärke. Heute ging es schon um kurz nach acht los. Ich bin fast aus dem Bett gefallen! Und ich musste sie doch tatsächlich mit meiner letzten Tafel Nussschokolade bestechen, damit sie die Musik leiser drehen.«

Franzi grinste. »Typisch! Die kleinen Teufel bekommen doch immer, was sie wollen.«
Kims jüngere Zwillingsbrüder hatten nur Unsinn im Kopf und brachten Kim regelmäßig zur Weißglut. Um so mehr genoss sie die entspannte Stimmung im Penthouse. Marie hatte keine Geschwister und ihre Mutter war vor vielen Jahren gestorben. Darum war sie der Augenstern ihres Vaters, der ihr jeden Wunsch von den Lippen ablas. Helmut Grevenbroich, ein erfolgreicher Schauspieler und Star der Vorabendserie *Vorstadtwache*, war häufig unterwegs, sodass Marie viele Freiheiten genoss. Doch trotz seines stressigen Berufs stand Marie bei ihrem Vater immer an erster Stelle. Zumindest war das bisher so gewesen.
»So ruhig und friedlich ist es bei uns gar nicht mehr«, sagte Marie düster. »Leider.«
Franzi beugte sich interessiert vor. »Hattest du wieder Stress mit Lina? Erzähl!«
Lina war die Tochter von Tessa, Herrn Grevenbroichs neuer Freundin. Es war das erste Mal seit dem Tod seiner Frau, dass Maries Vater eine Beziehung eingegangen war. Vor drei Monaten waren Tessa und Lina ins Penthouse gezogen, aber Marie hatte sich immer noch nicht daran gewöhnt. Tessa, die sie anfangs überhaupt nicht hatte leiden können, fand sie inzwischen ganz okay. Aber Lina war einfach nur nervig.
»Die dumme Kuh hat mir gestern meinen Wellnessabend verdorben.« Empört warf Marie ihre langen, blonden Haare über die Schulter. »Erst hat sie den Naturjoghurt aufgefuttert, den ich für meine Joghurt-Honig-Gesichtsmaske gekauft hatte. Ich musste noch mal raus in den Regen und neuen besorgen. Und als ich klitschnass und durchgefroren zurückkam und mir ein heißes Bad einlassen wollte, lag Lina in der Wanne. Sie hatte die halbe Flasche von meinem guten Lavendel-

Badeöl ins Wasser gekippt, das mir mein Vater aus Mailand mitgebracht hatte, und auch noch meine Duftkerzen angezündet!«
Kim konnte sich die Szene lebhaft vorstellen. »Und?«, fragte sie gespannt. »Bist du ausgerastet?«
Marie nickte heftig. »Natürlich! Was denkst du denn? Ich hab Lina angebrüllt, dass sie sofort verschwinden soll. Aber sie hat nur frech gegrinst und gesagt, das Badezimmer würde nicht mir allein gehören.«
»Stimmt ja auch«, warf Franzi nicht allzu sensibel ein.
Marie schnaufte empört. »Von wegen! Die Wohnung gehört Papa und mir. Tessa und Lina sind hier nur zu Gast. Aber Lina führt sich auf, als würde sie schon immer hier wohnen. Sie schmeißt überall ihre Klamotten hin, belegt stundenlang das Bad und hängt ständig vor dem Fernseher im Wohnzimmer herum. Neulich hab ich sogar die Live-Übertragung vom *Boyzzzz*-Konzert verpasst, weil Lina unbedingt ihre Lieblingsserie sehen wollte.«
»Du Ärmste, dabei war das Konzert so super!«, schwärmte Kim. »Der Höhepunkt war natürlich das Love-Duett von Nick und Eva.«
Franzi nickte. »Ich hab's auch gesehen. Die Leute sind total ausgerastet, als Eva überraschend auf die Bühne kam. Sie und Nick haben sich beim Singen die ganze Zeit in die Augen geschaut. Die beiden scheinen immer noch total verliebt zu sein.«
Die drei !!! kannten den berühmten Sänger Nick Voss und seine Frau Eva von früheren Ermittlungen. Sie waren sogar bei ihrer Hochzeit eingeladen gewesen, einem rauschenden Fest. Außerdem waren alle drei große Fans von Nicks Band *Boyzzzz*.
Kim warf einen Blick zu Marie hinüber, deren Miene immer

düsterer geworden war, je begeisterter sie und Franzi erzählten. »So toll war's auch wieder nicht«, behauptete Kim schnell. »Warum bist du nicht einfach in dein Zimmer gegangen, als das Konzert lief?«, fragte Franzi. »Da hast du schließlich auch einen Fernseher.«
»Ach, der ist doch viel zu klein.« Marie machte eine wegwerfende Handbewegung. »Da bekomme ich nach fünf Minuten Augenschmerzen.«
»Ich wäre froh, wenn ich überhaupt einen eigenen Fernseher hätte.« Kim seufzte. »Dann müsste ich mich nicht immer mit den Zwillingen um die Fernbedienung streiten. Aber Mama meint, ein Fernseher im Haus reicht völlig.«
Frau Jülich hielt Fernsehen für reine Zeitverschwendung. Sie predigte ihren Kindern ständig, sie sollten lieber etwas Sinnvolles tun, zum Beispiel für die Schule lernen oder ihr Zimmer aufräumen. Natürlich sahen Kim und ihre Brüder das völlig anders. In diesem Punkt waren sie ausnahmsweise einer Meinung.
»Na ja, zumindest lässt Lina uns heute in Ruhe«, sagte Franzi versöhnlich. »Wo steckt sie denn? Hast du sie in ihrem Zimmer eingesperrt?«
Marie ging nicht auf den Scherz ein. »Sie ist mit Papa und Tessa ins Freizeitbad gegangen«, erklärte sie mit versteinerter Miene.
»Und du wolltest nicht mit?«, fragte Kim erstaunt.
Marie schüttelte heftig den Kopf. »Auf sonntägliche Familienausflüge mit Tessa und Lina kann ich wirklich verzichten. Wahrscheinlich quatscht Lina die ganze Zeit ohne Punkt und Komma und versucht, Papa mit ihren Schwimmkünsten zu beeindrucken. Neuerdings weicht sie nicht von seiner Seite und will ständig zu allem seine Meinung wissen.«
»Vielleicht hat sie sich ja in ihn verliebt.« Franzi kicherte.

»Ich denke eher, sie sieht in ihm eine Art Vaterfigur«, sagte Kim, bevor Marie in die Luft gehen konnte. »Darum versucht sie, seine Aufmerksamkeit zu gewinnen.«
Aber diese Vorstellung schien Marie erst recht nicht zu gefallen. »So weit kommt's noch! Papa ist *mein* Vater, nicht Linas! Sie soll ihn bloß in Ruhe lassen!«
Kim beschloss, das Thema zu wechseln. Wenn es um ihren geliebten Vater ging, war Marie sehr empfindlich. Sie konnte es nur schwer ertragen, ihn jetzt mit Tessa und Lina teilen zu müssen. Kein Wunder, schließlich war sie seit vierzehn Jahren seine »Prinzessin«. Und jetzt hatte sie Angst, von ihrem Prinzessinnenthron gestoßen zu werden – ausgerechnet von Lina! Kim konnte gut verstehen, dass Marie die neue Situation zu schaffen machte.
»Gibt es eigentlich Neuigkeiten von Holger?«, fragte Kim. »Ihr wolltet euch doch treffen, oder?«
Holger war Maries Ex-Freund aus Billershausen, einem kleinen Dorf, das ungefähr 25 Kilometer weit weg lag. Sie hatten sich getrennt, weil Marie eine Fernbeziehung irgendwann nicht mehr gereicht hatte. Aber bei ihrem letzten Fall, der die drei !!! in den neuen Freizeitpark *Sugarland* in der Nähe von Billershausen geführt hatte, war Holger Marie wieder über den Weg gelaufen und es hatte heftig zwischen den beiden geknistert. Holger war nach ihrem zufälligen Treffen erst einmal in Urlaub gefahren, hatte für Marie aber vorher noch eine Traube Luftballons im *Café Lomo* abgegeben!
Maries Wangen verfärbten sich augenblicklich rosa. »Wir haben uns tatsächlich vor ein paar Tagen gesehen.«
»Und?«, fragte Franzi neugierig. »Wie war's?«
Ein seliges Lächeln breitete sich auf Maries Gesicht aus. »Super! Wir waren in der Fußgängerzone bummeln, Eis essen und abends im Kino. Es war fast wie früher – total entspannt,

witzig und kein bisschen langweilig. Holger und ich sind einfach auf einer Wellenlänge.«

Kim und Franzi wechselten einen vielsagenden Blick und grinsten.

»Du schwärmst ja richtig«, stellte Kim fest. »Klingt fast so, als würdest du euch beiden noch eine Chance geben.«

Der selige Ausdruck verschwand von Maries Gesicht. »Ich weiß nicht, ob das eine gute Idee wäre …«

»Warum denn nicht?«, fragte Franzi. »Ich hab ja immer gesagt, dass ihr super zusammenpasst. Vielleicht war eure Trennung ein riesengroßer Fehler.«

»Ja, vielleicht.« Marie seufzte. »Aber es ist nun mal, wie es ist. Holger wohnt einfach zu weit weg. Das hat schon einmal nicht geklappt, warum sollte es jetzt klappen? Außerdem habe ich ewig gebraucht, um über unsere Trennung hinwegzukommen. Das will ich nicht noch einmal mitmachen.«

»Kann ich gut verstehen.« Kim drückte mitfühlend Maries Arm. »Trotzdem solltest du auf dein Herz hören. Gefühle lassen sich auf Dauer nicht verleugnen.«

»Musst du gerade sagen.« Marie lächelte schief. »Wer ist denn der Kopfmensch von uns dreien? Das bist doch wohl du!«

Kim hatte einen äußerst scharfen Verstand, der ihr bei den Ermittlungen schon oft geholfen hatte. Nicht zuletzt wegen Kims Kombinationsgabe hatte der Detektivclub *Die drei !!!* schon so viele Fälle gelöst. Doch in der Liebe brachte sie das leider nur selten weiter. Gefühle waren eben nicht vorhersehbar und schon gar nicht logisch.

»Übrigens haben Holger und ich Michi gesehen«, erzählte Marie. »Wir waren in Giovannis Eisdiele und Michi hat uns bedient.«

»Ehrlich?« Kim runzelte die Stirn. »Davon hat er mir gar nichts gesagt.«

Kim und Michi waren schon seit einer Ewigkeit ein Paar. Und fast genauso lange jobbte Michi als Aushilfskellner in Giovannis Eisdiele.

»Michi hat uns von seinen beruflichen Plänen erzählt«, berichtete Marie, offenbar heilfroh, das heikle Thema Holger vorerst abgehakt zu haben. »Seine Ausbildung zum Chemisch-technischen Assistenten beginnt doch im Sommer, oder? Er scheint sich ja schon sehr darauf zu freuen.«

Kim verdrehte die Augen. »Das ist noch untertrieben. Er redet von nichts anderem mehr. Seit er in den Osterferien am Azubi-Camp teilgenommen hat, ist es noch schlimmer geworden.«

Marie nickte. »Stimmt, er hat ganz schön von dem Camp und seinen netten zukünftigen Azubi-Kollegen geschwärmt. Er hatte richtig leuchtende Augen dabei.«

»Ist dir das auch aufgefallen?« Kim seufzte. »Ich wäre froh, wenn seine Augen bei meinem Anblick auch mal wieder so leuchten würden. Manchmal habe ich das Gefühl, wir entfernen uns immer weiter voneinander.«

»Ach was, das ist bestimmt nur eine Phase«, beruhigte Franzi ihre Freundin. »Ist doch schön, wenn er sich auf seine Ausbildung freut. Und sobald die erste Aufregung verflogen ist, hat er sicher auch wieder mehr Zeit für dich. Ihr habt schließlich schon ganz andere Krisen gemeistert.« Franzis Handy piepte. Sie zog es hervor und warf einen Blick auf das Display. Augenblicklich begann sie, über das ganze Gesicht zu strahlen. »Eine SMS von Felipe! Schöne Grüße an alle.«

Kim war froh über die Ablenkung. Es deprimierte sie, über Michi nachzudenken. Jedes Mal überkam sie das Gefühl, in einer Sackgasse gelandet zu sein. Seit einiger Zeit konnte sie die Kette, die Michi ihr einmal geschenkt hatte, und die für Kim immer ein Symbol ihrer Liebe gewesen war, nicht mehr finden. Als auch noch die Linde in Franzis Garten gefällt werden musste, in die sie beide in einer romantischen Aktion ihre Anfangsbuchstaben eingeritzt hatten, begann die sonst so rational denkende Kim ernsthaft zu zweifeln. Waren das Zeichen dafür, dass etwas in ihrer Beziehung mit Michi nicht stimmte? Und in ihrem Kopf kreiste eine Frage, die so beängstigend war, dass sie sie bisher nicht einmal ihren Freundinnen gegenüber erwähnt hatte.

Waren sie und Michi am Ende ihres gemeinsamen Weges angekommen?

»Wie geht's Felipe denn so?«, erkundigte sich Marie. »Ist er immer noch in Mexiko?«

Franzi nickte, während sie eine kurze Antwort ins Handy tippte. »Er macht mit seiner Mutter noch ein paar Verwandtenbesuche, bevor sie nach Deutschland zurückfliegen.«

Franzi hatte Felipe bei ihrem letzten Fall kennengelernt. Seine Mutter Juana war Mexikanerin und betrieb im Freizeitpark *Sugarland* ein Restaurant. Sein Vater Andreas, ein Deutscher, war vor einiger Zeit gestorben. Franzi hatte sich sofort in den hübschen und einfühlsamen Halb-Mexikaner verliebt. Während der Ermittlungen hatten sie viel Zeit miteinander verbracht – und sich während einer romantischen Fahrt auf einem alten Springpferdkarussell sogar geküsst!

»Wann kommt er denn zurück?«, fragte Kim. Sie zwinkerte Franzi zu. »Du kannst es doch bestimmt kaum erwarten, ihn wiederzusehen, oder?«

Franzi spielte verlegen mit einer roten Haarsträhne herum, die sich aus einem ihrer Zöpfe gelöst hatte. »Felipe fehlt mir schon ziemlich«, gab sie zu. »Ich finde es total süß von ihm, dass er mir jeden Tag eine SMS schreibt. Andererseits …« Sie zögerte.

»Andererseits was?«, hakte Kim nach.

Franzi seufzte. »Ich weiß nicht, ob die Sache eine Zukunft hat. Zum einen sitzt mir die Enttäuschung mit Robin noch in den Knochen. Außerdem wohnt Felipe doch auch in Billershausen, wie Holger. Und ich will nicht die gleichen schlechten Erfahrungen mit einer Fernbeziehung machen wie Marie.«
Marie warf Franzi einen empörten Blick zu. »Na, hör mal! Mir rätst du, es noch einmal mit Holger zu versuchen, aber selber traust du dich nicht, was? Das ist ja wohl die Höhe!«
Franzi musste grinsen. »Stimmt, so hab ich es noch gar nicht gesehen.«
Ehe die drei !!! das Thema vertiefen konnten, hörten sie, wie die Wohnungstür aufgeschlossen wurde. Kurz darauf ertönten Stimmen und das Lachen von Herrn Grevenbroich im Flur.
Maries Miene verdüsterte sich. »Jetzt ist es vorbei mit der Ruhe.«
Ihre Prophezeiung ging augenblicklich in Erfüllung. Die Tür wurde mit einem Ruck aufgerissen und Lina stürmte ins Wohnzimmer. Ihre rotblonden schulterlangen Haare waren noch feucht und leichter Chlorgeruch breitete sich im Raum aus. »Da sind wir wieder!«, trompetete sie und warf ihren Rucksack schwungvoll auf den im Feuerschein des Kamins matt schimmernden Parkettboden.
»Das ist nicht zu überhören.« Marie rümpfte die Nase. Sie versuchte nicht einmal, den genervten Unterton in ihrer Stimme zu verbergen.
Doch Lina ließ sich davon keineswegs abschrecken. »Super, Muffins!«, rief sie begeistert und schnappte sich den letzten Muffin aus der silbernen Schale. »Hast du die gebacken?«
»Ja, aber nicht für dich.« Jetzt war Marie richtig sauer.
Lina überhörte den Einwand und ließ sich vor dem Kamin auf einen von Herrn Grevenbroichs dicken Orientteppichen

fallen. Während sie den Muffin auffutterte, erzählte sie munter vom Ausflug ins Freizeitbad. »Es war richtig toll«, schwärmte sie mit vollem Mund. »Wir haben jede Menge Spaß gehabt. Du hättest mitkommen sollen, Marie.«
»Nein, danke«, sagte Marie eisig.
Lina zuckte mit den Schultern. »Du hast echt was verpasst. Helmut ist ja so witzig! Wir haben ein Wettspringen vom Dreimeterbrett veranstaltet und sind mindestens zehnmal hintereinander gerutscht. Einmal hat Helmut fast seine Badehose verloren. Es war wirklich zum Schreien!«
»Papa war auf der Wasserrutsche?«, fragte Marie ungläubig.
Herr Grevenbroich betrat das Wohnzimmer. Auch seine Haare waren noch nicht ganz trocken und kringelten sich leicht im Nacken. Er wirkte so entspannt wie schon lange nicht mehr. »Da staunst du, was, Prinzessin? Gib's zu, das hättest du deinem alten Vater nicht zugetraut.«
»Nein, wirklich nicht«, murmelte Marie schwach. »Ich dachte, du hasst diese engen Röhren.«
Herr Grevenbroich grinste. »Wenn man sich einmal überwunden hat, ist es gar nicht mehr so schlimm.«
»Er war super«, behauptete Lina. »Viel schneller als alle anderen.« Sie sah bewundernd zu ihm auf.
Jetzt reichte es Marie. Sie gab Franzi und Kim ein Zeichen. »Kommt, wir gehen in mein Zimmer.«
Doch da kam Tessa herein. Sie war wie immer ungeschminkt und ihre dunklen Haare standen strubbelig vom Kopf ab. Trotzdem, oder gerade deshalb, wirkte sie so frisch und schön wie eine wilde Blume. Sie trug eins ihrer selbst entworfenen *Think-nature*-T-Shirts, die ihr inzwischen förmlich aus den Händen gerissen wurden. In ihrem Internet-Shop gingen jeden Tag mehr Bestellungen ein und sie kam mit Produktion und Versand kaum nach. Zumal sie das Modegeschäft ja nur

als Nebenerwerb betrieb, hauptberuflich war sie Kamerafrau am Set der *Vorstadtwache*. Dort hatte sie Herrn Grevenbroich auch kennen- und lieben gelernt.
»Hallo allerseits«, begrüßte sie die drei !!!. »Bleibt ruhig sitzen. Lasst euch von uns nicht stören, wir sind sowieso gleich wieder weg. Lina, du musst noch Hausaufgaben machen.«
»Jetzt sofort?«, maulte Lina, die sich den Rücken vom Kaminfeuer wärmen ließ. »Es ist doch gerade so gemütlich.«
»Nichts da!« Tessa warf ihrer Tochter einen strengen Blick zu. »Nachher bist du zu müde. Außerdem wollen die Mädchen bestimmt ihre Ruhe haben. Und ich werde mich jetzt an meinen Vortrag setzen. Helmut, du wolltest mir doch helfen, oder?«
Herr Grevenbroich runzelte die Stirn. »Was denn für ein Vortrag?«
Tessas Blick wurde weich und liebevoll, als sie Maries Vater ansah. »Du bist wirklich ein Schussel, mein Schatz.« Sie strich ihm zärtlich durch die Haare. »Der Vortrag über meinen Job als Kamerafrau natürlich. Für die Berufsfindungstage im Internat Hohenstein. Ich hab dir doch erzählt, dass der Direktor mich angerufen und eingeladen hat. Und du hast versprochen, mir bei den Vorbereitungen zu helfen. Ich brauche noch ein paar Tipps für die Präsentation.«
Marie horchte auf. »Schloss Hohenstein? Das ist doch dieses Nobelinternat, auf das nur Kinder aus superreichen Familien gehen. Ich habe darüber vor Kurzem einen Artikel in einer Zeitschrift gelesen. Da muss es echt toll sein: Die Schüler leben in einem richtigen Schloss, der Speisesaal sieht aus wie im Märchen und es gibt tausend verschiedene Freizeitangebote.«
Kim seufzte sehnsüchtig. »Früher wollte ich auch immer auf ein Internat gehen. Ich habe sämtliche Internatsbücher verschlungen, die ich in der Bücherei finden konnte. Das war vor meiner Krimiphase.«

Kim war eine leidenschaftliche Leseratte. Als Kopf der drei !!! las sie natürlich am liebsten Kriminalgeschichten. Die Krimis für Kinder und Jugendliche kannte sie schon alle, inzwischen war sie bei den Büchern für Erwachsene gelandet. Ab und zu schrieb sie sogar eigene Kriminalgeschichten, aber meistens fehlte ihr die Zeit dazu, weil der Detektivclub sie voll und ganz in Anspruch nahm.
»Wollt ihr vielleicht mitkommen?«, bot Tessa spontan an. »Während ich meinen Vortrag halte, könnt ihr ein bisschen Internatsluft schnuppern.«
Kim hätte am liebsten sofort Ja gerufen, aber sie warf erst einen fragenden Blick zu Marie. Vielleicht hatte sie ja keine Lust, mit der neuen Freundin ihres Vaters etwas zu unternehmen.
Marie schien kurz mit sich zu ringen, dann siegte offensichtlich ihre Neugier und sie nickte. »Warum nicht? Könnte ja ganz interessant werden.«
»Ich wollte schon immer mal ein echtes Internat von innen sehen«, freute sich Kim.
»Und ein neuer Fall ist sowieso gerade nicht in Sicht«, fügte Franzi hinzu.
»Dann ist es beschlossene Sache«, sagte Tessa. »Morgen machen wir einen Ausflug zum Internat Hohenstein.«

Wie im Märchen

»Wahnsinn!«, hauchte Marie.
Franzi nickte stumm. Auch Kim war sprachlos. Es war Montagnachmittag und sie standen neben Tessas Auto auf dem Besucherparkplatz des Internats. Zwischen ein paar schlanken Birken ragte Schloss Hohenstein empor. Es war wunderschön mit seinen vielen Türmchen und Erkern, der von Säulen gesäumten Freitreppe und den großen Sprossenfenstern. Der Regen hatte in der Nacht endlich nachgelassen und jetzt herrschte herrliches Frühlingswetter.
Sie waren gleich nach Schulschluss losgefahren. Leider hatte Lina darauf bestanden, ebenfalls mitzukommen. Sie hatte zwischen Kim und Franzi auf der Rückbank von Tessas Auto gesessen und die ganze Zeit uninteressantes Zeug erzählt. Erst hatte Kim noch höfliche Kommentare abgegeben, doch irgendwann hatte sie einfach auf Durchzug geschaltet. Wenn Lina zu Hause auch so viel quatschte, konnte Kim sehr gut verstehen, dass Marie genervt war.
»Hey, das sieht ja aus wie ein Märchenschloss!«, rief Lina begeistert. »Hinter dem Turmfenster dort oben könnte glatt Rapunzel wohnen. Und auf der Treppe hat Aschenputtel bestimmt ihren Schuh verloren. Vielleicht kommt ja gleich ein schöner Prinz auf seinem Pferd vorbei und nimmt uns mit in sein Märchenreich!« Sie kicherte.
Marie verdrehte die Augen und raunte Kim und Franzi zu: »Mir wäre ein böser Wolf lieber. Von mir aus kann er Lina gerne mit Haut und Haaren verschlingen.«
Kim grinste. Doch weder ein Prinz noch ein Wolf kam ihnen entgegen, als sie auf einem gewundenen Kiesweg zwischen akkurat geschnittenen Buchsbaumhecken zum Schloss gingen,

sondern ein Mann um die 50 mit kurzen, silbergrauen Haaren und wasserblauen Augen. Er war groß und schlank, trug einen dunkelgrauen Anzug mit weißem Hemd und blank polierte, schwarze Schuhe. Zu seiner gepflegten Erscheinung passte der unaufdringlich-herbe Duft seines Rasierwassers, der zu den drei !!! hinüberwehte.
Lächelnd begrüßte er die Besucher. »Sie müssen Tessa Beckmann sein. Herzlich willkommen auf Schloss Hohenstein! Mein Name ist Gerhard von Milow, ich bin der Leiter des Internats.«
»Freut mich, Sie kennenzulernen.« Tessa schüttelte die Hand des Direktors. »Ich habe meine Tochter Lina und ihre Freundinnen Marie, Franzi und Kim mitgebracht.«
»Schön, dass ihr da seid.« Gerhard von Milow musterte die vier Mädchen mit einem schnellen Blick, der so stechend war, dass Kim augenblicklich Herzklopfen bekam. Hinter seiner freundlichen Fassade war der Internatsleiter bestimmt ein knallharter Typ, der sofort sah, wenn einer seiner Schüler Mist gebaut hatte. Mit ihm war garantiert nicht gut Kirschen essen.
»Die Schüler sind gerade beim Nachmittagskaffee im Speisesaal«, erklärte Gerhard von Milow und machte eine einladende Handbewegung. »Folgen Sie mir bitte, dann können wir uns etwas stärken, bevor der Vortrag beginnt. Ich möchte Ihrem Vortrag nicht vorgreifen, aber wie sind Sie eigentlich dazu gekommen, Kamerafrau zu werden, Frau Beckmann?«
Während die Erwachsenen über Tessas Werdegang sprachen, folgten die drei !!! und Lina ihnen über die Freitreppe in die Eingangshalle des Schlosses. Der schwarz-weiß gemusterte Marmorboden glänzte, als wäre er soeben frisch poliert worden. An den Wänden hingen dunkle Ölgemälde, die das Schloss und seine Umgebung zeigten.

Durch einen Korridor gelangten sie zum Speisesaal, aus dem fröhliches Stimmengewirr drang. Als sie durch die hohen Flügeltüren eintraten, blieben die drei !!! überrascht stehen.
»Das ist jetzt aber wirklich wie im Märchen!«, stellte Marie fest.
Der quadratische Raum war mit altem Fischgrätparkett ausgelegt. Die Sonne, die durch die hohen Fenster fiel, ließ das Holz honigfarben schimmern. Die Wände waren mit dunkelroter Seidentapete bespannt. Aber das Beeindruckendste war die Decke. Sie war mit zahlreichen Stuckelementen verziert und aufwändig bemalt. Kleine Engel tummelten sich zwischen nackten Schönheiten, die sich Weintrauben in den Mund steckten. Pferde galoppierten über grüne Hügel, Schlangen wanden sich zwischen grauen Findlingen hindurch und Wildschweine versteckten sich in einem dichten Wald, durch den ein Bach plätscherte.
Herr von Milow lächelte. »Früher war dies der Ballsaal. Wir haben ihn aufwändig restaurieren lassen. Er ist unser ganzer Stolz und das Prunkstück des Schlosses.«
»Wirklich wunderschön«, sagte Tessa. »Hier schmeckt das Essen bestimmt besonders gut.«
»Nehmen Sie doch Platz, ich hole uns eine kleine Stärkung.« Herr von Milow schob seine Gäste zu einem freien Tisch neben der Fensterfront und ging zum Büfett am anderen Ende des Raumes.
Die drei !!! setzten sich und sahen sich neugierig um. Überall standen Tische, die größtenteils voll besetzt waren. Die Internatsschüler tranken Kaffee oder Tee, aßen kleine Snacks, redeten und lachten. Die Stimmung wirkte entspannt und ausgelassen. Einige sahen verstohlen zum Besuchertisch hinüber, aber die meisten achteten gar nicht auf die Gäste. Wahrscheinlich waren sie es gewohnt, dass Fremde das Internat besuch-

ten. Bestimmt kamen häufig interessierte Eltern vorbei, um die Schule zu besichtigen.
»Die haben ja alle dasselbe an«, wunderte sich Lina.
»Im Internat Hohenstein wird Schuluniform getragen«, erklärte Marie. »Die Schüler haben das in einer Abstimmung selbst entschieden. Das stand in dem Artikel, den ich gelesen habe.«
Die Schuluniform bestand bei den Mädchen aus einem dunkelblauen Faltenrock und einer schlichten weißen Bluse, die entweder mit einem grauen Pullunder oder einem dunkelblauen Blazer kombiniert wurde. Die Jungs trugen das gleiche Outfit, nur mit einer blau-grau gestreiften Krawatte und einer dunkelblauen Hose statt des Rocks.
»Sieht gar nicht schlecht aus«, stellte Kim fest. »Richtig klassisch.«
Franzi verzog das Gesicht. »Ich hätte keine Lust, jeden Tag im Rock herumzulaufen.«
»Das würde mich nicht stören«, sagte Marie. »Aber tagein, tagaus dasselbe Outfit? Nein, danke! Das ist doch langweilig. Wo bleibt denn da die Individualität?«
»Individualität ist doch keine Frage der Kleidung!« Herr von Milow war hinter den drei !!! aufgetaucht. Er balancierte ein Tablett mit Tassen, einer Kaffee- und einer Teekanne und einem Teller voller Sandwichs, das er vorsichtig auf dem Tisch abstellte. »Unsere Schüler haben sich für die Schuluniformen entschieden, gerade um die Individualität jedes Einzelnen zu unterstreichen. Selbstwertgefühl wird bei uns aufgrund von Persönlichkeit und Sozialkompetenz erworben, nicht durch teure oder auffällige Kleidung.«
»Klingt sehr vernünftig«, stimmte Tessa zu.
Marie zupfte ihre sonnengelbe Tunika zurecht, die sie lässig über einer türkisfarbenen Leggings trug. »Ich würde mich in

einer Schuluniform trotzdem nicht wohlfühlen. Ohne mein persönliches Styling wäre ich nur ein halber Mensch.«
»Marie würde die Schuluniform wahrscheinlich einfach umstylen und damit einen neuen Modetrend setzen.« Franzi grinste.
»Ha, ha, sehr witzig.« Marie machte einen Schmollmund.
»Nimm es doch als Kompliment«, sagte Kim versöhnlich. »Du bist und bleibst unsere Modeexpertin.«
Lina futterte bereits ihr zweites Sandwich und Kim griff schnell zu, bevor Tessas Tochter nichts mehr übrig ließ. Kims Sandwich war mit Käse, Gurken, Tomaten und frischem Salat belegt und schmeckte ausgesprochen lecker.
Allmählich beendeten die Internatsschüler ihre Kaffeepause. Einzeln oder in kleinen Gruppen räumten sie ihr Geschirr weg und verließen den Speisesaal. Es wurde ruhiger.
»Haben die Schüler nachmittags Unterricht?«, fragte Tessa.
Herr von Milow schüttelte den Kopf. »Der Schulunterricht endet um 15 Uhr. Dann ist Kaffeepause. Nachmittags können die Schüler an verschiedenen AGs teilnehmen, Sport treiben oder die Bibliothek besuchen. Heute und morgen, während der Berufsfindungstage, finden am Nachmittag für die Oberstufenschüler Vorträge verschiedener Berufsgruppen statt. Apropos«, er sah auf die Uhr, »wir sollten uns langsam in Richtung Aula begeben, Frau Beckmann.« Er wandte sich an Lina und die drei !!!. »Hättet ihr Lust, in der Zwischenzeit eine Führung durchs Internat zu machen?« Die Mädchen nickten eifrig. Herr von Milow stand auf. »Sehr gut. Ich schicke euch eine Schülerin, die sich um euch kümmern wird.«
Tessa trank ihren Kaffee aus, nahm ihre Umhängetasche und folgte dem Schulleiter durch den Speisesaal.
»Viel Glück, Mama!«, rief Lina ihr hinterher. Tessa drehte sich lächelnd um und machte das Victory-Zeichen. Dann ging sie hinaus.

»Was haltet ihr von dem Typ?«, erkundigte sich Kim.
»Herr von Milow?« Franzi zuckte mit den Schultern. »Ganz nett. Aber ich möchte keinen Stress mit ihm haben. Der kann bestimmt ziemlich unangenehm werden.«
Kim nickte. »Den Eindruck hatte ich auch. Ich wette, alle Schüler haben einen Heidenrespekt vor ihm.«
»Von Mode hat er jedenfalls keinen blassen Schimmer.« Marie schnaufte verächtlich. »Dunkelblau ist doch total out. Wenn schon eine Schuluniform, dann bitteschön in den aktuellen Frühlingsfarben Gelb oder Mint.«
Kim lachte. »Das kannst du ihm ja mal vorschlagen. Herr von Milow wird bestimmt begeistert sein!«
Ein Mädchen in Schuluniform näherte sich zögernd dem Tisch der drei !!!. Es war ungefähr so alt wie Lina, hatte ein hübsches, herzförmiges Gesicht voller Sommersprossen und eine Stupsnase. Seine blonden Haare waren zu einem Pferdeschwanz zusammengebunden. »Hallo, ich bin Leslie«, stellte sich das Mädchen mit einem schüchternen Lächeln vor. »Herr von Milow hat mich gebeten, euch ein bisschen herumzuführen.«
»Super!« Kim lächelte freundlich. »Ich heiße Kim. Das sind Marie, Franzi und Lina.«
Lina schluckte den letzten Bissen ihres Sandwichs herunter und wischte sich mit dem Handrücken über die fettigen Lippen. »Bist du schon lange im Internat?«, fragte sie neugierig.
Leslie schüttelte den Kopf. »Erst seit letztem Sommer. Meine Eltern sind beruflich viel unterwegs.«
»Hast du gar kein Heimweh?«, erkundigte sich Franzi. »Ich würde meine Eltern schrecklich vermissen. Und natürlich mein Pony Tinka, mein Huhn Polly, meinen Bruder Stefan und … na ja, auf meine Schwester Chrissie könnte ich gut verzichten. Wir streiten uns sowieso die meiste Zeit.« Franzi zog eine Grimasse.

»Klar, manchmal hab ich schon Heimweh«, gab Leslie zu. »Das geht hier allen so. Aber wir dürfen ja zweimal im Monat nach Hause fahren und am Wochenende auch Besuch bekommen. Und man kann im Internat viele tolle Sachen machen. Kommt mit, ich zeig euch alles.«

Die drei !!! folgten Leslie zurück in die Eingangshalle. »Hier am Schwarzen Brett werden alle AGs, Aktivitäten und Neuigkeiten bekannt gegeben.« Sie blieb vor einer großen Pinnwand stehen, an der jede Menge Zettel hingen.

Kim überflog die Aushänge. »Das Angebot ist wirklich nicht schlecht. Man kann reiten, Theater spielen, töpfern und sogar fechten!«

»Gibt es auch einen Skatepark?«, fragte Franzi, die passionierte Skaterin war.

Leslie nickte und zeigte auf einen großen Lageplan am Schwarzen Brett, der das Internat mit allen Nebengebäuden und dem riesigen Schlosspark zeigte. »Natürlich. Die Anlage liegt weiter hinten Richtung Waldrand. Außerdem haben wir eine eigene Schwimmhalle, einen großen Sportplatz mit Fußballfeld und ein Bootshaus am See. Dort finden regelmäßig Ruderkurse statt.«

»Aber dieses Wochenende fällt der Ruderkurs aus.« Marie zeigte auf einen der Zettel. »Dafür probt die Theater-AG am Samstag in der Aula. Welches Stück soll denn aufgeführt werden?«

Leslie wurde rot vor Verlegenheit. »Tut mir leid, das weiß ich nicht.«

»Kein Problem«, sagte Kim schnell. »Sollen wir nach draußen gehen? Ich würde schrecklich gern den Schlosspark sehen.«

SOS per SMS

Eine Stunde später hatte Leslie den drei !!! und Lina die Außenanlagen gezeigt und sie einmal durchs ganze Schloss geführt.
»Puh, ich kann nicht mehr!«, stöhnte Lina. »Mir tun schon die Füße weh.«
»Vielleicht solltest du häufiger Sport treiben«, bemerkte Marie spitz.
»Wozu?« Lina stützte die Hände in ihre rundlichen Hüften. »Ich fühle mich auch so pudelwohl.«
Kim beneidete Lina um ihr Selbstbewusstsein. Sie selbst hatte regelmäßig Gewissensbisse, weil sie so selten (und nur äußerst ungern) joggen ging, dafür aber umso häufiger Süßigkeiten oder Kuchen futterte. Eine ungute Kombination, die dazu führte, dass Kims Hosen häufig am Bauch spannten und an den Oberschenkeln zwickten. Darum zog Kim am liebsten ihre schlabberige Lieblingsjeans an.
»Sollen wir uns auf die Terrasse setzen?«, fragte Leslie. »Dort können wir warten, bis der Vortrag von Frau Beckmann zu Ende ist.«
Auf der Rückseite des Schlosses befand sich eine geräumige Terrasse mit Blick auf den Park. Sie wurde von einem niedrigen Steingeländer eingefasst, auf dem Blumentöpfe mit duftenden Hyazinthen, Primeln und Stiefmütterchen standen. In den locker auf der Terrasse verteilten Sitzgruppen hatten es sich bereits etliche Internatsschüler bequem gemacht und genossen die Strahlen der Spätnachmittagssonne.
»Hey, Bianka!« Leslie winkte einem Mädchen zu, das allein auf einem Lounge-Sofa saß und tief in Gedanken versunken zu sein schien. »Das ist meine Zimmernachbarin«, fügte Leslie für ihre Gäste erklärend hinzu.

Bianka schreckte auf und lächelte etwas gezwungen, als sie Leslie und die anderen sah. Kim hatte den Eindruck, dass sie lieber allein geblieben wäre. »Hallo! Wen hast du denn da im Schlepptau?«
Leslie stellte die Besucher vor, dann nahmen alle Platz.
»Herrlich!«, seufzte Marie und sah sich begeistert um. »Der perfekte Platz zum Chillen und Relaxen.« Sie ließ ihren Blick über den Park schweifen, als wäre sie die Schlossbesitzerin persönlich. »Ich muss schon sagen, dieses Internat ist wirklich ein Traum! Am besten finde ich, dass es sogar ein Tonstudio gibt, in dem man eigene Songs aufnehmen kann.«
Franzi schüttelte den Kopf. »Quatsch, die Sportanlagen sind der Hit. Der Skatepark ist viel größer als bei uns im Schillerpark. Und der Reitplatz ist toll!«
»Mir hat die Bibliothek besonders gut gefallen«, sagte Kim. »Sie ist super ausgestattet und total gemütlich. Da würde ich im Winter jeden Tag sitzen und von morgens bis abends lesen. Und das Essen ist auch vom Feinsten. Die Sandwichs vorhin waren jedenfalls sehr lecker.«
Leslie lächelte. »Freut mich, dass es euch bei uns gefällt.«
Bianka schwieg. Sie schien mit ihren Gedanken schon wieder ganz weit weg zu sein. Kim stellte fest, dass sie ziemlich blass war. Seit sie als Detektivin arbeitete, nahm Kim ihre Mitmenschen ganz anders wahr. Früher wären ihr zum Beispiel nie Biankas abgekaute Fingernägel aufgefallen. Auch das leichte Zucken von Biankas rechtem Augenlid hätte sie vermutlich übersehen. Die Internatsschülerin schien nervös zu sein. Vielleicht Stress in der Schule. Oder Heimweh. Das konnte einen bestimmt ganz schön fertig machen. Oder hatte sie andere Sorgen?
»Ich hätte fast Lust, Papa zu fragen, ob er mich auch hier anmeldet«, sagte Marie. »Es muss toll sein, in einem Internat zu

leben. Das Freizeitangebot ist super und man kann den ganzen Tag mit seinen Freunden zusammen sein.«
»Und was ist mit uns?«, fragte Franzi empört. »Ich dachte, *wir* sind deine Freunde!«
»Ihr könntet mich ja an den Wochenenden besuchen«, sagte Marie. »Dann würden wir den ganzen Tag auf der Terrasse rumhängen oder Picknicks im Schlosspark veranstalten.«
»Und ich bekomme dein Zimmer im Penthouse, ja?«, fragte Lina. »Es ist viel schöner als das kleine Gästezimmer, in dem ich jetzt wohne.«
Als Antwort darauf schnaubte Marie nur verächtlich.
»Heißt das ja?«, fragte Lina eifrig.
»Das heißt: Vergiss es!«, sagte Marie kalt. »Du kriegst mein Zimmer in tausend Jahren nicht. So weit kommt's noch.«
»Wenn du ins Internat gehst, können wir unseren Detektivclub vergessen«, warf Kim schnell ein, um die angespannte Situation zwischen Marie und Lina etwas zu lockern. »Also überleg's dir lieber noch mal.«
Bianka horchte auf. »Ihr habt einen Detektivclub?«
Kim nickte und zückte eine ihrer Visitenkarten, die sie immer bei sich trug. Bianka griff danach und las den kurzen Text:

»Das klingt ja richtig professionell.« Zum ersten Mal sah Bianka die drei !!! richtig an. In ihren eben noch müden und abwesenden Augen glomm ein Funke auf. Ihr Interesse schien geweckt.
»Und ob!«, bestätigte Franzi stolz. »Wir haben schon eine Menge Fälle gelöst. Inzwischen sind wir echte Profis.«
»Zuletzt haben wir im neu eröffneten Freizeitpark *Sugarland* ermittelt«, erzählte Kim. »Und davor am Set der Doku-Soap *Nick & Eva in Love*.«
Leslie quietschte los. »Kennt ihr Nick Voss etwa persönlich? Wie ist er so? Ich bin ein riesengroßer Fan von *Boyzzzz*! Ich habe all ihre CDs.«
»Nick ist ein alter Freund von uns, er ist ziemlich cool«, sagte Marie lässig. »Wir haben ihm geholfen, als er von einem Unbekannten bedroht wurde. Seitdem treffen wir uns ab und zu.«
Leslie hatte vor Aufregung ganz rote Wangen. »Wow, das ist ja unglaublich! Das Konzert neulich im Fernsehen war so genial, habt ihr das auch gesehen?«
Bei der Erinnerung an das verpasste Konzert kam Maries schlechte Stimmung prompt wieder auf. Sie warf einen vernichtenden Blick zu Lina hinüber, aber ehe sie antworten konnte, erschien Tessa auf der Terrasse und unterbrach das Gespräch. »Da seid ihr ja! Kommt ihr? Es wird höchste Zeit für die Heimfahrt. Ich habe Kims und Franzis Eltern versprochen, ihre Töchter pünktlich zum Abendessen zu Hause abzuliefern.«
»Wie war der Vortrag, Mama?«, fragte Lina.
»Prima!« Tessa fuhr sich durch ihre kurzen, braunen Haare. »Dank Helmuts Hilfe habe ich meinen Auftritt ohne größere Patzer hinbekommen. Jetzt müssen wir aber wirklich los!«
Die Mädchen standen auf und verabschiedeten sich von Leslie und Bianka.

Kim nahm Bianka unauffällig zur Seite. »Wenn du Probleme hast, melde dich einfach«, sagte sie leise. »Wir sind rund um die Uhr erreichbar.«
Bianka fummelte nervös an den silbernen Knöpfen ihres Schulblazers herum. »Probleme? Ich hab keine Probleme!« Sie funkelte Kim beinahe feindselig an. Dann drehte sie sich um und ging eilig davon.
Kim sah ihr nachdenklich nach. Ihr Gefühl sagte ihr, dass Bianka etwas zu verbergen hatte. Und auf Kims Gefühl war in detektivischen Dingen fast immer Verlass.

Kim riss die Tür zum Hauptquartier auf. »Leute, ihr glaubt nicht, wer mir gerade eine SMS geschickt hat!«
Marie und Franzi hatten sich bereits in dem alten Pferdeschuppen in Franzis Garten eingefunden, den die drei !!! zum Hauptquartier ihres Detektivclubs umfunktioniert hatten. Abgesehen von einem Tisch mit karierter Tischdecke, an dem sie ihre Treffen abhielten, gab es einen Bürocontainer mit einer abschließbaren Schublade für geheime Unterlagen und die Detektivausrüstung des Clubs sowie eine alte Pferdekutsche mit hochklappbarem Verdeck, in die sich die drei !!! zu streng geheimen Besprechungen zurückzogen.
Franzi hatte Kekse auf den Tisch gestellt und Tee gekocht, den sie gerade in drei Becher goss. »Wie wär's erst mal mit einem freundlichen Hallo?«, fragte sie ein wenig vorwurfsvoll.
Kim ließ sich auf einen Stuhl fallen. »Hallo allerseits«, begrüßte sie ihre Freundinnen hastig und zog ihr Handy hervor.
Franzi verteilte die Becher und Marie schnupperte an ihrem Tee. »Hmmm, der riecht aber lecker. Ist das Hagebutten- oder Hibiskustee?«
»Das ist doch jetzt völlig egal!« Kim schwenkte ungeduldig ihr Handy. »Interessiert euch gar nicht, wer mir geschrieben hat?«

»Lass mich raten …« Franzi tat so, als würde sie angestrengt nachdenken. »Michi! Er liebt dich über alles und kann es kaum erwarten, dich wiederzusehen.«

Kim seufzte. »Schön wär's. Michi hat sich schon seit Tagen nicht mehr bei mir gemeldet. Wahrscheinlich verbringt er seine Freizeit jetzt lieber mit seinen neuen Azubi-Freunden.«

»Entschuldige«, sagte Franzi. »Das war blöd von mir.«

»Schon gut. Du kannst ja nichts dafür, dass es zwischen Michi und mir gerade nicht so gut läuft.« Kim versuchte, die Traurigkeit abzuschütteln, die sie bei der Erwähnung von Michis Namen überkommen hatte. Sie holte tief Luft, bevor sie die große Neuigkeit verkündete: »Die SMS ist von Bianka! Ihr erinnert euch, Leslies Zimmernachbarin im Internat Hohenstein. Sie braucht unsere Hilfe.« Jetzt hatte Kim endlich die volle Aufmerksamkeit ihrer Freundinnen.

»Was?« Marie riss die Augen auf. »Lies vor!«

Kim, du hattest recht. Bitte melde dich! Bianka

Kim ließ das Handy sinken.

Franzi runzelte die Stirn. »Was meint sie?«

»Mir kam es bei unserem Besuch im Internat so vor, als ob Bianka Probleme hätte«, erzählte Kim. »Ich habe sie darauf angesprochen, aber sie hat alles abgestritten. Tja, offenbar lag ich doch richtig.«

Marie dachte nach. »Stimmt, jetzt wo du es sagst … Sie wirkte irgendwie … angespannt.«

»Am besten rufen wir sie sofort an.« Kim wählte bereits Biankas Nummer und stellte den Lautsprecher an, damit die anderen mithören konnten.

»Hallo?«, fragte eine Mädchenstimme.

»Hier spricht Kim. Bianka, bist du's?«

»Ja«, antwortete Bianka leise. Im Hintergrund waren Stimmen und das Klappern von Geschirr zu hören.
»Wo steckst du?«, fragte Kim.
»Im Speisesaal, beim Nachmittagskaffee.«
Kim drückte das Handy fester ans Ohr. »Ich habe deine SMS bekommen. Was ist los?«
»Ich brauche Hilfe.« Bianka flüsterte jetzt fast. Die drei !!! hatten Mühe, sie zu verstehen. »Ich halte das nicht mehr aus!«
Bianka klang so verzweifelt, dass es Kim fast die Kehle zuschnürte. Sie räusperte sich. »Was hältst du nicht mehr aus?«
Aber Bianka antwortete nicht. Nur ihr flatternder Atem war zu hören.
»Bianka?«, fragte Kim. »Bist du noch dran?«
»Ich kann jetzt nicht sprechen.« Bianka klang gehetzt. Als würde sie verfolgt. »Könnt ihr herkommen? Ich muss euch etwas Wichtiges sagen. So geht es einfach nicht weiter, ich will endlich reinen Tisch machen.«
Kim hatte keine Ahnung, wovon Bianka sprach. Aber sie war sich sicher, dass Biankas Verzweiflung echt war.
»Wann?«, fragte Kim knapp.
»Freitag um drei«, flüsterte Bianka. »Ich warte am Haupteingang auf euch.«
Dann wurde die Verbindung unterbrochen. Langsam ließ Kim das Handy sinken. Sie sah zu Franzi und Marie. Auf ihren Gesichtern spiegelte sich dieselbe Bestürzung, die auch Kim empfand.
Franzi fasste sich als Erste wieder. »Ich schätze, wir haben einen neuen Fall.«
»Bianka klingt, als hätte sie etwas Schreckliches erlebt«, sagte Kim. »Wir dürfen sie nicht im Stich lassen.«
Marie nickte ernst. »Bald wissen wir mehr.«
»Hoffentlich«, fügte Kim düster hinzu.

Wo ist Bianka?

Der Bus zum Schlossinternat Hohenstein war fast leer. Die drei !!! hatten sich in der letzten Reihe niedergelassen und teilten sich eine Tafel Vollmilch-Nuss-Schokolade, die Kim vorhin noch schnell am Kiosk gekauft hatte.
Marie schob sich ein großes Stück in den Mund und kaute kräftig. »Das ist jetzt genau das Richtige für meine Nerven. Ich bin so sauer, dass ich schreien könnte!«
»Was ist denn los?« Kim brach sich ebenfalls ein Stück Schokolade ab und reichte die Tafel an Franzi weiter.
»Ich hatte mal wieder Streit mit Lina.« Marie ballte vor Wut die Fäuste. »Als ich vorhin aus der Schule kam, hab ich sie in meinem Zimmer erwischt. Sie hatte es sich auf meinem Sofa bequem gemacht und in der neuen *Sweet* geblättert. Die hatte ich selbst noch nicht mal gelesen!«
Franzi schnalzte mit der Zunge. »Ganz schön dreist.«
»Vielleicht fällt ihr in ihrem Zimmer einfach die Decke auf den Kopf«, überlegte Kim. »Das Gästezimmer im Penthouse ist schließlich nicht besonders groß.«
»Dann soll sie eben wieder ausziehen«, sagte Marie patzig. »Kein Mensch hat sie gebeten, sich bei uns breitzumachen. Ich hab sie jedenfalls achtkantig aus meinem Zimmer geschmissen. Daraufhin ist sie natürlich sofort zu Papa und Tessa gerannt und hat sich beschwert, die kleine Petze.«
»Aber dein Vater hat doch bestimmt zu dir gehalten, oder?«, fragte Franzi.
Marie machte ein grimmiges Gesicht. »Schön wär's! Ich glaube, Lina hat ihn mit ihren Schmeicheleien komplett eingewickelt. Er kam doch glatt zu mir und fragte, ob ich nicht etwas netter zu Lina sein könnte. Ich bin natürlich ausgerastet.«

»Und dann?«, fragte Kim.
»Papa meinte, dass es so nicht weitergehen kann.« Marie lachte bitter. »Da sind wir endlich mal wieder einer Meinung.«
»Heißt das, Tessa und Lina ziehen aus?«, wollte Franzi wissen.
Marie schüttelte den Kopf. »Leider nicht. Papa will am Wochenende einen Familienrat einberufen. Da soll jeder sagen, was ihm nicht passt, damit wir gemeinsam nach Lösungen suchen können.«
»Das klingt doch nicht schlecht«, sagte Kim. »Offenheit ist immer gut.«
»Die Sache hat nur einen Haken«, murmelte Marie düster. »Wir sind überhaupt keine Familie!«
Dazu fiel selbst Kim nichts mehr ein.
Zum Glück ertönte in diesem Moment die Durchsage: »Nächster Halt: Schloss Hohenstein.«
»Wir sind da.« Franzi steckte sich das letzte Stück Schokolade in den Mund und stand auf.

Die Bushaltestelle lag an der Landstraße und die drei !!! mussten einmal quer durch den Schlosspark laufen, um zum Internat zu gelangen. Um kurz nach drei standen sie vor der Freitreppe. Es sah nach Regen aus und Kim hatte vorsorglich einen Schirm eingesteckt. Der Vorplatz war menschenleer. Nur zwei Spatzen hüpften über den Kies und tschilpten fröhlich.
Franzi sah sich um. »Niemand da.«
Kim warf einen Blick auf ihre Armbanduhr. »Vielleicht ist Bianka noch im Speisesaal beim Nachmittagskaffee.«
Marie runzelte die Stirn. »Erst scheint es um Leben und Tod zu gehen und dann kommt sie zu spät. Merkwürdig …«
Da löste sich eine Gestalt aus dem Schatten der Säule direkt

neben dem Eingang. Ein Junge schlenderte die Treppe hinunter. Als sein Blick auf die drei !!! fiel, stutzte er, als würde er sie erst jetzt bemerken. Doch Kim hätte schwören können, dass seine Überraschung nur gespielt war. Hatte er sie etwa beobachtet? Nein, bestimmt nicht, beruhigte Kim sich. Warum auch? Wahrscheinlich litt sie einfach unter Verfolgungswahn. Eine unter Detektiven weit verbreitete Berufskrankheit.

»Kann ich euch helfen?«, fragte der Junge höflich.

Marie schaltete augenblicklich in Flirtmodus. Sie fuhr sich durch ihre frisch gewaschenen Haare und setzte ein strahlendes Lächeln auf.

»Das wäre wirklich wahnsinnig nett. Wir sind hier mit jemandem verabredet, doch sie ist noch nicht aufgetaucht. Vielleicht weißt du ja, wo wir sie finden können. Aber ich habe mich noch gar nicht vorgestellt, wie unhöflich von mir!« Marie kicherte. »Ich bin Marie. Das sind Kim und Franzi.«

»Ich heiße Björn«, sagte der Junge. »Freut mich sehr.«

»Und mich erst!« Marie klimperte vielsagend mit ihren Wimpern.

Franzi stieß Kim an und verdrehte die Augen. Kim verkniff sich ein Grinsen. Marie konnte es einfach nicht lassen! Aber warum sollte sie auch? Seit der Trennung von Holger war sie Single und sie flirtete nun mal für ihr Leben gern. Außerdem sah dieser Björn tatsächlich nicht schlecht aus. Er war groß und schlank und hatte seine dunklen Haare zu einer lässigen Gelfrisur gestylt. Selbst die schlichte Schuluniform wirkte an ihm irgendwie cool, vielleicht, weil er die Ärmel seines weißen Hemdes aufgekrempelt hatte, die obersten Knöpfe offen und die Krawatte gelockert trug. Den Blazer hatte er sich lässig über die Schulter geworfen.

»Mit wem seid ihr denn verabredet?«, erkundigte sich Björn.

»Mit Bianka«, antwortete Kim. »Kennst du sie?«

Björn nicke. »Klar. Die kennt hier jeder.« Er verzog spöttisch die Mundwinkel. »Ich glaube, sie ist übers Wochenende nach Hause gefahren.«
Franzi schüttelte den Kopf. »Das kann nicht sein. Sie hat uns extra herbestellt. Am Freitag um drei Uhr.«
Björn zuckte mit den Schultern. »Vielleicht hat sie es vergessen. Sie ist manchmal etwas ... durcheinander, wenn ihr versteht, was ich meine.« Er fuhr sich mit dem Zeigefinger an die Stirn und machte eine kreisförmige Bewegung. »Tut mir leid, dass ihr umsonst gekommen seid.«
Er wollte sich umdrehen und die Treppe wieder hinaufgehen, aber Kim hielt ihn zurück. »Warte mal! Weißt du, wo wir Leslie finden?«
Björn zog eine Augenbraue hoch. »Was wollt ihr denn von der?«
»Nichts weiter.« Kim lächelte freundlich. »Nur ein bisschen quatschen.«
»Wo wir schon mal hier sind«, ergänzte Franzi mit unschuldigem Blick.
»Ihr Zimmer ist im Ostflügel. Erster Stock, dritte Tür rechts«, erklärte Björn etwas widerwillig.
»Danke!«, flötete Marie. »Und bis bald. Vielleicht sieht man sich ja mal wieder.«
Björn rang sich ein Lächeln ab. »Ja, vielleicht.« Dann ging er mit schnellen Schritten die Treppe hinauf und verschwand in der Eingangshalle.

»Bianka? Die ist nach Hause gefahren.« Leslie nahm ihr Handy vom Schreibtisch. »Sie hat mir eine SMS geschrieben.«
Die drei !!! saßen in Leslies und Biankas Zimmer auf der bunt gemusterten Tagesdecke von Biankas Bett. Kim sah sich interessiert um. Das Zimmer war längst nicht so beeindruckend,

wie sie erwartet hatte. Vom noblen Prunk der Eingangshalle und des ehemaligen Ballsaals war hier nichts zu spüren. Der Raum war zwar geräumig und hell, aber ansonsten sehr schlicht. Die Wände waren weiß gestrichen und der Boden mit pflegeleichtem grauen Linoleum ausgelegt. Den funktionalen Holzmöbeln sah man an, dass sie schon Generationen von Schülern überlebt hatten. Es gab zwei Betten, zwei Schränke und zwei Schreibtische – das war's.
Biankas Bett war ordentlich gemacht und auch sonst war ihre Zimmerhälfte sehr aufgeräumt. Auf dem Schreibtisch lagen die Schulsachen nach Fächern sortiert und nirgendwo flogen Klamotten oder Krimskrams herum. An der Wand über ihrem Bett prangte ein Poster, das einen kitschigen Sonnenuntergang über dem Meer zeigte. Bianka schien also auch eine romantische Seite zu haben.
Über Leslies Bett hingen, wie nicht anders zu erwarten gewesen war, mehrere *Boyzzzz*-Poster. Auf ihrer Seite des Zimmers lagen ein paar achtlos hingeworfene Kleidungsstücke über dem Schreibtischstuhl und die Hefte und Bücher waren wild über dem Tisch und auf dem Bett verteilt.
»Hier, bitte schön.« Leslie hielt den drei !!! ihr Handy hin, damit sie Biankas SMS lesen konnten:

Fahre übers Woe nach Hause, sehen uns Sonntag. Glg, Bianka

»Das ist wirklich merkwürdig.« Kim runzelte die Stirn. »Wir waren heute Nachmittag mit Bianka verabredet. Sie wollte uns etwas Wichtiges sagen. Ihr seid doch befreundet, oder?«
Leslie nickte eifrig. »Bianka ist meine beste Freundin«, sagte sie mit Nachdruck. »Auch wenn sie zwei Jahre älter ist als ich. Sie hilft mir bei den Hausaufgaben, wenn ich etwas nicht verstehe. Bianka ist nämlich eine super Schülerin. Sie kann ein-

fach alles! Außerdem tröstet sie mich, wenn ich Heimweh habe, und ist auch sonst immer für mich da.«
»Hat sie dir zufällig erzählt, warum sie uns treffen wollte?«, fragte Kim.
Leslie schüttelte den Kopf. »Ich wusste ja nicht mal, dass sie sich mit euch verabredet hatte. Davon hat sie mir keinen Ton gesagt. Dabei reden wir sonst über fast alles. Eigentlich hatte sie angeboten, mir am Wochenende bei einem Referat zu helfen. Und morgen wollten wir ins Internatskino und schwimmen gehen, aber daraus wird jetzt wohl nichts.« Leslie sah plötzlich traurig aus.
»Dann war es also nicht geplant, dass Bianka übers Wochenende nach Hause fährt?«, fragte Marie.
»Nein«, bestätigte Leslie. »Sie muss das ganz spontan beschlossen haben.«
»Kommt das öfter vor?«, erkundigte sich Kim.
Leslie überlegt kurz. »Eigentlich nicht.«
Die drei !!! wechselten einen schnellen Blick. Das klang alles ziemlich verdächtig.
»Hat sie viel Gepäck mitgenommen?«, fragte Franzi.
Leslie hüpfte von ihrem mit Kleidung behängten Schreibtischstuhl und öffnete Biankas Schrank. »Ihre Reisetasche ist weg. Und ein paar Klamotten fehlen. Moment mal …« Leslie runzelte die Stirn. »Irgendetwas stimmt hier nicht …«
»Was denn?«, hakte Kim nach. »Denk nach! Es könnte wichtig sein.«
»Ich hab's!«, rief Leslie. »Die Schuluniform! Biankas Schuluniform ist nicht da.«
»Ist das denn so ungewöhnlich?«, fragte Marie.
»Allerdings.« Leslie schloss die Schranktür wieder. »Es ist nicht üblich, in Schulkleidung nach Hause zu fahren. Normalerweise ziehen wir uns vorher um. Es sei denn …«

»Es sei denn, man hat nicht genug Zeit«, beendete Kim den Satz.
Franzi machte ein besorgtes Gesicht. »Das klingt ja fast nach einer Art Flucht!«
Kim nickte. »Stimmt. Es spricht alles dafür, dass Bianka das Internat sehr überstürzt verlassen hat, um nach Hause zu fahren. Die Frage ist nur, warum.«

Detektivtagebuch von Kim Jülich
Freitag, 18:21 Uhr
Wir stecken mitten in einem neuen Fall! Als wir am Montag auf Schloss Hohenstein waren, haben wir die Schülerin Bianka kennengelernt. Vor zwei Tagen hat sie uns dann um Hilfe gebeten, weil sie offenbar Probleme hat, und sich für heute mit uns im Internat verabredet. Aber nun ist sie angeblich spontan zu ihren Eltern gefahren, ohne uns Bescheid zu sagen. Warum ist sie einfach so abgehauen, obwohl wir verabredet waren? Ihr Verschwinden lässt mir einfach keine Ruhe. Ich habe mir von Leslie die Festnetznummer von Biankas Eltern geben lassen, aber dort geht nur der Anrufbeantworter dran. Und Biankas Handy ist ausgeschaltet. Mein Gefühl sagt mir, dass hier etwas ganz und gar nicht stimmt.
Doch im Moment können wir leider nicht mehr tun. Wir können nur abwarten, bis Bianka am Sonntagabend zurückkommt und sie dann zur Rede stellen. Wir waren mit Leslie im Internatssekretariat und haben dort erfahren, dass Bianka tatsächlich ordnungsgemäß von ihrem Flurbetreuer abgemeldet wurde. Es scheint also alles mit rechten Dingen zuzugehen. Wenn ich nur nicht so ein mulmiges Gefühl hätte!
Auf der Rückfahrt im Bus haben wir noch heiß über den Fall diskutiert. Marie war stinksauer, weil wir die weite Fahrt völlig umsonst gemacht hatten. Sie glaubt, dass Biankas Anruf ein

schlechter Scherz war und überhaupt nichts dahintersteckt. Ich kann mir das nicht vorstellen. Dafür war Biankas Verzweiflung am Telefon zu echt. Ich werde gleich noch mal versuchen, sie zu erreichen. Inzwischen müsste sie eigentlich zu Hause angekommen sein. Mist, ich muss mich beeilen! Bin in zehn Minuten mit Michi im Café Lomo *verabredet. Später mehr!*

»Hörst du mir überhaupt zu?« Michi sah Kim stirnrunzelnd an. »Du scheinst mit deinen Gedanken ganz weit weg zu sein.«
»Entschuldige bitte.« Kim schob ihren halb leeren *Kakao Spezial* zur Seite. Normalerweise konnte sie gar nicht genug von ihrem Lieblingsgetränk bekommen, aber heute wollte ihr der süße Kakao mit Vanillearoma einfach nicht schmecken. »Ich musste nur gerade an unseren neuen Fall denken …« Kim hatte Bianka weder auf ihrem Handy noch zu Hause erreichen können. In ihrem Kopf schwirrten schreckliche Bilder herum. War Bianka etwas zugestoßen? Hatte sie einen Unfall gehabt? Oder war etwas noch Schlimmeres passiert?
Michi seufzte. »Kannst du den Detektivclub nicht wenigstens für einen Abend vergessen? Wir haben doch so schon viel zu wenig Zeit füreinander. Da will ich dich jetzt ganz für mich haben und nicht mit irgendwelchen Verbrechern teilen!«
Kim musste lächeln. Michi konnte so süß sein! Für einen Moment spürte sie wieder das altbekannte Kribbeln im Bauch, das sie früher jedes Mal in Michis Nähe überkommen hatte. Als sie frisch verliebt und so glücklich gewesen waren, dass es kaum noch auszuhalten gewesen war. »Du hast recht. Jetzt höre ich dir zu, versprochen. Erzähl mal, was du in den letzten Tagen so gemacht hast.«
Michi berichtete von einem Kunden, der ihm heute in der Eisdiele das Leben schwer gemacht hatte. Dann kam er auf seine Azubi-Kollegen zu sprechen. »Gestern habe ich mich

mit Axel, Philipp und Damian hier im *Lomo* getroffen. Wir haben ein bisschen gefachsimpelt und überlegt, wie wir uns am besten auf die Ausbildung vorbereiten können. Die drei sind wirklich supernett, du musst sie unbedingt kennenlernen! Du gefällst ihnen bestimmt.«

Es passte Kim nicht so richtig, dass es Michi offenbar wichtiger war, wie sie auf seine neuen Freunde wirkte als umgekehrt. Aber sie schluckte einen kritischen Kommentar hinunter, um die Stimmung nicht zu verderben. Michi und sie stritten sich in letzter Zeit sowieso schon viel zu oft.

Während Michi in aller Ausführlichkeit vom Treffen mit seinen zukünftigen Kollegen erzählte, drifteten Kims Gedanken wieder ab, ohne dass sie etwas dagegen tun konnte. Hatten sie heute im Internat irgendetwas übersehen? Was wussten sie eigentlich über Bianka? Nicht viel, genau genommen …

»… und was hältst du davon?« Michi sah Kim erwartungsvoll an.

»Wie bitte?« Kim blinzelte verwirrt. Sie hatte keine Ahnung, worum es gerade ging. Damit Michi nicht merkte, dass sie schon wieder nicht zugehört hatte, sagte sie schnell: »Super! Klingt gut.«

»Heißt das, du bist dabei?«

Kim nickte. »Klar.« Sie rang sich ein Lächeln ab. Wenn sie nur wüsste, wovon er sprach!

Michi griff über den Tisch und nahm ihre Hand. »Ich freu mich! Das Essen beim Chinesen am Schillerpark soll superlecker sein. Wir machen uns zuammen einen richtig schönen Abend, okay?«

»Okay!« Jetzt erschien ein echtes Lächeln auf Kims Gesicht. Michi hatte offenbar einen romantischen Abend zu zweit geplant – wie lieb von ihm! Vielleicht würden sie sich bei Frühlingsrollen und Kerzenschein ja wieder näherkommen. Und zum Nachtisch standen dann Herzklopfen und heiße Küsse auf der Speisekarte …

»Ich habe schon einen Tisch für fünf Personen reserviert«, sagte Michi zufrieden.

Kim stutzte. »Einen Tisch für fünf? Wieso denn das?«

»Weil wir zu fünft sind, natürlich.« Michi schüttelte lächelnd den Kopf und streichelte Kims Hand. »Axel, Philipp, Damian und wir beide«, zählte er auf.

Kim zog mit einem Ruck ihre Hand weg. Sie fühlte sich, als hätte sie einen Eimer kaltes Wasser über den Kopf bekommen. »Deine Azubi-Kollegen kommen auch mit?«

Michi nickte. »Das ist doch der Sinn der Sache. Ihr sollt euch endlich kennenlernen. Ich hoffe, es stört dich nicht, dass du das einzige Mädchen in der Runde bist. Die anderen sind gerade alle solo.«

Kim versuchte, nicht allzu entsetzt auszusehen. Ein Abend mit vier chemiebegeisterten Jungs, die die ganze Zeit über Karbonsäure und chemische Elemente fachsimpelten, war so ziemlich das Letzte, worauf sie Lust hatte. Und sie hatte gedacht, Michi wollte mal wieder Zeit mit ihr allein verbringen!

»Was ist los?«, fragte Michi besorgt. »Machst du jetzt etwa einen Rückzieher?«

Kim seufzte. »Nein, nein. Wenn es dir so wichtig ist, komme ich natürlich mit.«

»Prima!« Jetzt strahlte Michi wieder. »Dann also morgen Abend um acht. Ich hol dich ab, ja?«

Kim nickte resigniert. »Okay.«

Geheimes Tagebuch von Kim Jülich
Freitag, 22:01 Uhr

Achtung: Lesen für Unbefugte (alle außer Kim Jülich) streng verboten! Finger weg von dieser Datei, Ben und Lukas, oder

ich schlage Mama und Papa vor, euch aufs Internat zu schicken. Aber nicht in einen so noblen Schuppen wie Schloss Hohenstein …

Michi, was ist nur mit uns passiert? Früher waren wir so glücklich miteinander. Wir konnten stundenlang quatschen, ohne dass es langweilig wurde. Und jetzt? Jetzt interessiert sich jeder von uns nur noch für seine eigene kleine Welt. Ist dir eigentlich aufgefallen, dass du fast den ganzen Abend von deinen ach so netten Azubi-Kollegen, deiner Ausbildung und deinen Zukunftsplänen gesprochen hast? Was ich mache und wie es mir geht, danach fragst du gar nicht mehr. Du wolltest nicht mal etwas über unseren neuen Fall hören. Und dass ich dein Gerede zum Gähnen langweilig fand, hast du überhaupt nicht gemerkt, weil du so mit dir selbst beschäftigt warst.

In letzter Zeit frage ich mich immer öfter, warum wir überhaupt noch zusammen sind. Uns verbindet kaum noch etwas. Eine Weile sind wir denselben Weg gegangen, aber irgendwann haben wir verschiedene Abzweigungen genommen. Wir entfernen uns immer weiter voneinander. Merkst du das auch, Michi? Oder ist für dich alles wie immer?

Was soll ich nur tun? Sind die verlorene Kette und die gefällte Linde vielleicht wirklich Zeichen? Eigentlich müssten wir dringend miteinander reden, Michi. Über uns. Und darüber, wie es weitergehen soll. Ob es überhaupt weitergehen soll. Aber wie fängt man so ein Gespräch an? Es ist einfach zu schwer. Und ich habe Angst vor den Folgen. Denn trotz allem weiß ich nicht, wie ich ohne dich leben soll, Michi Millbrandt.

Achtung, Notfall!

Am nächsten Morgen erwachte Kim müde und mit leichten Kopfschmerzen. Sie hatte die halbe Nacht wachgelegen und über sich und Michi nachgegrübelt. Leider ohne nennenswertes Ergebnis. Kim gähnte, rieb sich die Augen und sah auf den Wecker neben ihrem Bett. Kurz nach neun. Es war Samstag und Kim hätte eigentlich ausschlafen können. Zumal es auch nebenan im Zimmer der Zwillinge ausnahmsweise einmal ruhig war. Offenbar erholten sich die Nachwuchs-Rapper noch von ihrer gestrigen Musik-Session. Sie hatten sich immer wieder denselben Song angehört und schließlich versucht, ihn nachzusingen – bis Frau Jülich dem Treiben um kurz nach zehn ein Ende bereitet hatte, indem sie den Stecker der Musikanlage herausgezogen hatte.

Aber die Sache mit Bianka ließ Kim keine Ruhe. Sie wälzte sich eine Weile hin und her, dann setzte sie sich seufzend auf. Ob es zu früh war, um noch einmal bei Biankas Eltern anzurufen? Kim beschloss, einen Versuch zu wagen. Vielleicht hatte sie ja Glück und Bianka saß quietschfidel mit ihrer Familie am Frühstückstisch.

Kim griff nach ihrem Handy und drückte auf Wahlwiederholung. Es klingelte mehrmals und Kim richtete sich schon darauf ein, gleich wieder die Ansage auf dem Anrufbeantworter zu hören. Sie überlegte gerade, ob sie etwas aufs Band sprechen sollte, als doch noch jemand abhob.

»Ja?«, murmelte eine verschlafene Frauenstimme, die vermutlich Biankas Mutter gehörte.

Kim räusperte sich. »Äh – guten Morgen! Entschuldigen Sie bitte die Störung, aber ich würde gerne mit Bianka sprechen.«

»Um die Uhrzeit?«, fragte Biankas Mutter vorwurfsvoll. »Ich habe heute meinen freien Tag und wollte eigentlich ausschlafen. Doch daraus wird jetzt wohl nichts.«
»Das … das tut mir leid«, stammelte Kim. »Aber es ist wirklich dringend. Schläft Bianka noch?«
Biankas Mutter gähnte. »Keine Ahnung. Sie ist gar nicht hier. Sie verbringt das Wochenende im Internat. Mit wem spreche ich überhaupt?«
»Mit … einer Freundin.« Kim war wie vor den Kopf geschlagen. Es fiel ihr schwer, einen vernünftigen Satz herauszubringen. »Sind Sie … Sind Sie ganz sicher, dass Bianka nicht zu Hause ist?«
»Natürlich bin ich sicher!« Biankas Mutter klang allmählich etwas ungeduldig. »Wir haben vorgestern noch telefoniert. Bianka wollte für eine Klausur lernen, die sie nächste Woche schreibt, und so viel ich weiß mit ihrer Freundin Leslie etwas unternehmen und ein Referat vorbereiten. Worum geht es denn?«
»Nicht so wichtig«, murmelte Kim und legte auf, ehe Biankas Mutter weitere Fragen stellen konnte.
Kim ließ das Handy sinken. Ihre Hände zitterten. Der Rest ihres Körpers war starr vor Schreck. Ihr Gefühl hatte sie nicht getäuscht. Bianka war weder im Internat noch zu Hause. Ihr musste etwas zugestoßen sein. Und die drei !!! waren die Einzigen, die ihr helfen konnten.
Kim atmete tief durch. Dann schrieb sie eine kurze SMS:

Achtung, Notfall! Clubtreffen bei mir. Sofort!

Eine Sekunde später war die Nachricht an Marie und Franzi unterwegs. Jetzt konnte sie nur noch warten.

Um kurz vor zehn war der Detektivclub vollzählig versammelt. Franzi trug Reithose und Reitstiefel und roch intensiv nach Pferdestall.
»Ich war gerade dabei, Tinkas Box auszumisten, als die SMS kam«, erklärte sie entschuldigend. »Natürlich habe ich mich sofort aufs Fahrrad geschwungen und bin losgedüst. Arme Tinka, jetzt muss sie auf unseren Samstagvormittags-Ausritt verzichten.«
»Und ich lag noch gemütlich im Bett.« Marie gähnte. Ihre Haare waren zu einem einfachen Pferdeschwanz zusammengebunden und sie war noch ungeschminkt. Auch ihr Outfit war für ihre Verhältnisse sehr schlicht: eine Jeans im Boyfriend-Look und eine sportliche, türkisfarbene Kapuzenjacke, die eigentlich besser zu Franzi gepasst hätte. »Ich hoffe, es ist so wichtig, wie es sich angehört hat.« Marie ließ sich auf Kims Bett plumpsen. »Ich habe sowohl Frühstück als auch Styling ausfallen lassen – ich weiß nicht, was schlimmer ist.«
Kim saß auf der vordersten Kante ihres Schreibtischstuhls und wippte nervös mit den Füßen. Sie wollte gerade vom Telefonat mit Biankas Mutter erzählen, da wurde ihre Zimmertür aufgerissen und zwei merkwürdige Gestalten stürmten herein. Sie trugen viel zu weite T-Shirts über tief sitzenden Hosen, übergroße Sonnenbrillen und Basecaps, die schief auf ihren Köpfen saßen. Erst auf den zweiten Blick erkannte Kim ihre Brüder.
»Hey Fans, wollt ihr mal unseren neuesten Song hören?«, rief Lukas.
Ohne eine Antwort abzuwarten, rappten die Zwillinge los:
»Wir sind die neuen Superstars und geben jetzt so richtig Gas!
DJ Ben und DJ Luke haben jede Menge Mut.
Wir machen Party ohne Ende, rappen über das Gelände.
Wir sind so toll, wir sind so cool, da fallen alle Mädels vom Stuhl!«

Als die Zwillinge ihre Einlage beendet hatten, klatschten Franzi und Marie höflich.
»Gar nicht mal so übel, Jungs!« Marie grinste. »Wenn ihr fleißig weiterübt, kommt ihr irgendwann bestimmt ganz groß raus.«
»Meinst du wirklich?« Ben strahlte über das ganze Gesicht.
»Aber denkt dran: Immer schön böse gucken!«, mahnte Franzi und Kims Bruder setzte augenblicklich wieder eine grimmige Rapper-Miene auf.
»Und jetzt raus hier!«, befahl Kim. »Nervt jemand anderen, wir wollen unsere Ruhe haben, klar?«
»Klar wie Kleister!«, rief Lukas und die Zwillinge verschwanden kichernd auf dem Flur, natürlich ohne die Tür hinter sich zuzumachen.
»Kindsköpfe!«, murmelte Kim. Seufzend erhob sie sich und schloss nachdrücklich die Zimmertür. Dann wandte sie sich an ihre Freundinnen. »Und jetzt endlich zur Sache: Es gibt Neuigkeiten im Fall Bianka. Leider keine guten.« Sie berichtete in knappen Worten, was geschehen war.
»Bianka ist überhaupt nicht zu Hause?«, fragte Franzi ungläubig.
Kim nickte. »Wir müssen davon ausgehen, dass ihr etwas zugestoßen ist.«
»Lasst uns noch mal bei Leslie anrufen«, schlug Marie vor. »Vielleicht ist Bianka inzwischen wieder im Internat aufgetaucht und wir machen uns ganz umsonst Sorgen. Björn hat doch durchblicken lassen, dass man sich nicht so ganz auf sie verlassen kann.«
»Okay.« Kim zückte ihr Handy und schaltete den Lautsprecher ein. Leslie meldete sich schon nach dem ersten Klingeln.
»Guten Morgen!«, begrüßte Kim die Internatsschülerin. »Ich wollte nur kurz hören, ob Bianka zurückgekommen ist.«

»Nein«, sagte Leslie. »Warum auch? Sie ist doch zu Hause und kommt erst morgen Abend wieder. Habt ihr sie bei ihren Eltern erreicht?«
Kim seufzte. Die letzte Hoffnung auf eine harmlose Erklärung für Biankas Verschwinden löste sich in Luft auf. »Leider nein. Bianka ist nicht bei ihren Eltern angekommen. Wenn sie überhaupt jemals dorthin unterwegs war …«
»Was?«, rief Leslie. »Aber was hat das zu bedeuten?«
»Bianka muss etwas passiert sein«, erklärte Kim. »Vielleicht sollten wir besser die Polizei einschalten. Die haben ganz andere Möglichkeiten, wenn es um die Suche nach vermissten Personen geht.«
»Nein, nicht die Polizei!«, bat Leslie. Sie zögerte. »Vielleicht ist Bianka ja auch nur übers Wochenende abgehauen, um ihre Ruhe zu haben. Vielleicht wollte sie einfach mal für sich sein und über alles nachdenken.«
Kim stutzte und wechselte einen schnellen Blick mit Marie und Franzi. Den beiden war ebenfalls aufgefallen, dass Leslie mehr zu wissen schien, als sie zugab.
»Gibt es denn etwas Bestimmtes, worüber Bianka nachdenken muss?«, fragte Kim. »Hat sie Probleme? Sag uns bitte, was du weißt, Leslie. Sonst können wir Bianka nicht helfen.«
Eine Weile blieb es still am anderen Ende der Leitung. Dann war ein Seufzer zu hören. »Ich glaube, Bianka steckt in Schwierigkeiten«, sagte Leslie leise. »Aber sie hat nicht mit mir darüber geredet.«
Kim merkte, wie ihr kriminalistischer Spürsinn erwachte. Das war eine erste Spur! »Ich denke, wir sollten dem Internat noch einen Besuch abstatten«, überlegte Kim laut. »Wir müssen vor Ort ermitteln und herausfinden, was mit Bianka los ist. Was meint ihr, Franzi und Marie?«
Die beiden nickten.

»Warum übernachtet ihr nicht hier?«, schlug Leslie vor. »Dann müsst ihr nicht ständig hin- und herfahren. Ihr könnt bei uns im Zimmer schlafen. Ich sage unserem Flurbetreuer Bescheid, er hat bestimmt nichts dagegen.«
»Gute Idee«, sagte Kim. »Wir kommen so schnell wie möglich.« Sie verabschiedete sich eilig. Dann steckte sie ihr Handy ein und erhob sich. »Auf geht's, Leute! Ihr fahrt jetzt nach Hause, packt eure Sachen und sagt euren Eltern Bescheid. In einer Stunde treffen wir uns wieder hier und machen uns auf den Weg.«
Franzi grinste. »Zu Befehl, Chef!«
Marie schüttelte den Kopf. »Bist du verrückt? Wie soll ich es denn in einer Stunde schaffen, mich zu stylen und alles zu packen, was ich für einen Wochenendtrip aufs Land brauche?«
Kim musste lachen, als sie Maries entsetztes Gesicht sah. »Du schaffst das schon. Schließlich hast du noch genau …«, Kim sah auf ihre Armbanduhr, »… 59 Minuten.«
»Hilfe!« Marie sprang so plötzlich auf, als hätte sie einen Stromschlag bekommen. »Dann muss ich jetzt aber wirklich los!« Ohne ein weiteres Wort zu verlieren, stürmte sie aus dem Zimmer.
Zehn Sekunden später schlug die Haustür zu.
Kim und Franzi sahen sich an und prusteten los.

»Da wären wir.« Stefan bremste mit quietschenden Reifen direkt vor der Freitreppe von Schloss Hohenstein. Franzis Bruder hatte sich netterweise bereit erklärt, die drei !!! zum Internat zu kutschieren. Sein alter Opel hatte zwar jede Menge Rostflecken und bedurfte intensiver Pflege, damit er überhaupt fuhr, aber Stefan liebte den Wagen trotzdem heiß und innig. Er stieg aus und öffnete Marie, die auf dem Beifahrer-

sitz Platz genommen hatte, galant die Tür. »Bitte aussteigen, meine Werteste, wir sind am Ziel: Schloss Hohenstein, die Sommerresidenz der von und zu Grevenbroichs.«
Marie kicherte. »Besten Dank, mein Guter. Ich werde Sie zu unserem nächsten Ball einladen, dann können wir ein Tänzchen wagen.«
»Stets du Diensten!« Stefan verbeugte sich mit einem leichten Grinsen.
Es hatte eine Zeit gegeben, da hätte sich Marie von diesem kleinen Flirt sofort mehr versprochen. Sie hatte lange für Stefan geschwärmt, obwohl er eigentlich viel zu alt für sie war. Zum Glück war das seit einer Weile endgültig vorbei und Marie konnte völlig unbefangen mit Franzis Bruder umgehen.
»Na toll, uns hilft natürlich niemand beim Aussteigen!«, schimpfte Franzi und stieß die Autotür auf.
»Nur kein Neid!« Marie strich ihr maigrünes Minikleid glatt. Sie hatte es tatsächlich geschafft, sich in der kurzen Zeit vor der Abfahrt noch umzuziehen und zu stylen – und natürlich ihren roten Rollkoffer zu packen, ohne den sie niemals verreiste.
Stefan holte das Gepäck aus dem Wagen. Marie hatte mal wieder am meisten dabei. Ihr Koffer war rappelvoll, während Kim und Franzi mit je einem leichten Rucksack auskamen. Außerdem hatten alle drei Schlafsäcke und Isomatten mitgenommen.
Franzi runzelte die Stirn. »Wozu brauchst du denn so viel Zeug? Wir bleiben nur eine Nacht, nicht eine Woche.«
»Man kann nie wissen, was einen erwartet«, sagte Marie. »Ich bin gern auf alles vorbereitet.«
»Dann viel Spaß. Und verpasst morgen den Bus nach Hause nicht, ihr wisst ja, dass ich euch nicht abholen kann – muss

leider lernen.« Stefan schlug den Kofferraumdeckel zu. »Und tut nichts, was ich nicht auch tun würde.« Er zwinkerte den drei !!! zu. Sie hatten Stefan, genau wie ihren Eltern, erzählt, eine Freundin hätte sie übers Wochenende ins Internat eingeladen. Kim, die es hasste, lügen zu müssen, beruhigte ihr schlechtes Gewissen damit, dass das ja auch irgendwie stimmte. Außerdem musste sie so keine unangenehmen Fragen beantworten. Kims Mutter war sogar richtig begeistert gewesen, dass Kim ihre Freizeit im berühmten Schlossinternat Hohenstein verbrachte. Sie hielt viel von Bildung und guter Erziehung und beides hatte sich das Internat auf die Fahnen geschrieben.
»Vielen Dank fürs Herbringen«, sagte Kim höflich.
»Keine Ursache.« Stefan stieg in seinen Opel, ließ den Motor aufheulen und fuhr so rasant davon, dass der Kies durch die Gegend spritzte. Bevor Franzis Bruder um die Kurve bog, hupte er noch einmal. Dann waren die drei !!! auf sich alleine gestellt.

Dieses Mal brauchten sie niemanden nach dem Weg zu fragen. Sie fanden sich ohne Probleme zurecht. Als sie durch die Glastür traten, die zu Leslies und Biankas Flur führte, kam ihnen ein junger Mann entgegen. Er war vielleicht Ende 20 und sah mit seinen kurzen, blonden Haaren und dem kantigen Gesicht gar nicht schlecht aus.
»Hallo! Seid ihr Leslies Wochenend-Gäste?«, fragte er freundlich. Als Kim nickte, streckte er den drei !!! die Hand hin. »Mein Name ist Mirko Burkhard. Ich unterrichte Sport und Englisch an der Internatsschule und bin außerdem der Betreuer dieses Flurs.«
Kim stellte sich und ihre Freundinnen vor. »Toll, dass wir hier übernachten dürfen«, sagte sie.

Mirko Burkhard lächelte. »Kein Problem. Die Internatsschüler haben öfter externe Besucher am Wochenende. Das ist nicht ungewöhnlich.«
»Nur schade, dass Bianka nicht da ist«, warf Marie ein. »Sie hätten wir auch gerne besucht, aber sie ist ja scheinbar ganz spontan nach Hause gefahren.«
»Stimmt.« Der Flurbetreuer nickte. »Ich habe mich auch gewundert. Wir schreiben nächste Woche eine Englischklausur. Normalerweise verbringt Bianka das Wochenende vor wichtigen Klausuren immer im Internat und lernt. Sie ist sehr ehrgeizig. Eine meiner besten Schülerinnen. Darum hat sie auch eins der begehrten Internatsstipendien bekommen.«
»Tatsächlich?« Kim zog eine Augenbraue hoch. Das war eine völlig neue Information! »Wie viele Stipendien gibt es denn?«
»Es wird nur ein Vollstipendium pro Schuljahr vergeben«, erklärte Mirko Burkhard. »Sämtliche Schulgebühren und andere Kosten übernimmt dann eine dem Internat angegliederte Stiftung. Nur die Besten bekommen so ein Stipendium. Immerhin geht es um über 30.000 Euro pro Jahr.«
Franzi pfiff leise durch die Zähne. »So viel? Nicht schlecht!«
Mirko Burkhard nickte. »Der Aufenthalt hier ist nicht billig. Dafür bekommen die Schüler aber auch eine sehr gute Ausbildung und werden perfekt darauf vorbereitet, später im Beruf verantwortungsvolle Führungspositionen zu übernehmen.«
»Und Sie wissen nicht zufällig, warum Bianka so spontan abgereist ist? Das sieht ihr doch gar nicht ähnlich«, erkundigte sich Kim. »Was hat sie denn gesagt?«
Mirko Burkhard schüttelte den Kopf. »Ich habe gar nicht mit ihr gesprochen. Sie hat sich per SMS abgemeldet.«
Kim runzelte die Stirn. »Ist das üblich?«
»Nein, eigentlich müssen sich die Schüler persönlich abmel-

den, bevor sie das Internat verlassen.« Mirko Burkhard fuhr sich verlegen durch seine kurzen, blonden Haare. »Streng genommen hat Bianka damit gegen die Vorschriften verstoßen – und ich auch. Aber so genau nehmen wir das hier nicht. Sie hatte es eilig und wollte ihren Zug nicht verpassen. Und ich hatte am Freitag gleich nach Schulschluss eine Sport-AG, darum war ich persönlich nicht erreichbar.«
Kim fand es sympathisch, dass sich der junge Lehrer nicht sklavisch an die Vorschriften hielt. Auch wenn es ihr in diesem Fall lieber gewesen wäre, er hätte etwas genauer nachgefragt.
»Dann werden wir jetzt erst mal Leslie Hallo sagen.« Franzi gab sich betont munter, damit der Lehrer wegen ihrer vielen Fragen keinen Verdacht schöpfte.
»Einen schönen Aufenthalt im Internat Hohenstein«, wünschte Mirko Burkhard. »Meine Wohnung liegt übrigens gleich dort drüben.« Er zeigte zum anderen Ende des Flurs. »Wenn ihr Fragen oder Probleme habt, könnt ihr euch jederzeit an mich wenden.«
Die drei !!! bedankten sich. Während der Lehrer in seine Wohnung zurückkehrte, hob Kim die Hand und klopfte energisch an Leslies Zimmertür.

Ermittlungen undercover

»Da hinten ist noch etwas frei!« Leslie ging quer durch den Speisesaal auf einen Tisch in der Ecke zu. In dem prunkvollen ehemaligen Ballsaal war heute wesentlich weniger los als beim letzten Besuch der drei !!!. An den meisten Tischen saßen nur zwei oder drei Schüler und statt des lautstarken Stimmengewirrs vom Montag war lediglich leises Gemurmel zu hören. Offenbar waren viele Schüler übers Wochenende nach Hause gefahren.

Die drei !!! waren gerade noch pünktlich zum Mittagessen im Internat eingetroffen. Sie hatten nur schnell Leslie begrüßt und ihr Gepäck abgestellt, bevor sie sich gemeinsam auf den Weg in den Speisesaal gemacht hatten. Auch die Wochenendgäste der Internatsschüler durften an den Mahlzeiten teilnehmen, was vor allem Kim freute, die die ganze Woche über ihrer Mutter von den fantastischen Sandwichs auf Schloss Hohenstein vorgeschwärmt hatte.

Kim schnupperte. Es roch herrlich nach Würstchen und Kohl. Kims Magen knurrte. Beim Frühstück hatte sie vor lauter Aufregung kaum einen Bissen hinunterbekommen, darum hatte sie jetzt einen Bärenhunger. An der Essensausgabe kamen sie sofort an die Reihe und Kim ließ sich eine ordentliche Portion Bratwürstchen mit Rosenkohl und Kartoffelbrei geben.

»Guten Appetit!«, wünschte die Köchin freundlich.

Das ließ sich Kim nicht zweimal sagen. Kaum saßen sie an ihrem Tisch, begann Kim zu essen. Erst nachdem sie das letzte Stück Würstchen und das letzte bisschen Kartoffelbrei hinuntergeschluckt hatte, legte sie das Besteck zur Seite. Sie fühlte sich wie ein neuer Mensch. Auch ihr Kopf begann jetzt wieder richtig zu arbeiten. Mit leerem Magen konnte Kim

einfach nicht gut nachdenken. Das war zwar manchmal etwas unpraktisch, aber leider nicht zu ändern.
Kim wartete, bis die anderen ebenfalls fertig waren, dann kam sie zum eigentlich Grund ihres Besuchs. »Wir müssen herausfinden, was mit Bianka geschehen ist.« Sie sah Leslie ernst an. »Es ist sehr wichtig, dass du jetzt ganz ehrlich zu uns bist. Verstehst du?«
Leslie nickte. »Ich werde euch helfen, so gut ich kann. Ich mache mir furchtbare Sorgen um Bianka. Wenn ihr irgendetwas zugestoßen ist …« Leslie verstummte, als könnte sie diesen schrecklichen Gedanken nicht ertragen. »Was wollt ihr wissen?«
»Ist dir in letzter Zeit etwas Ungewöhnliches aufgefallen?«, fragte Franzi. »Du hast vorhin am Telefon erwähnt, dass Bianka in Schwierigkeiten steckt. Was für Schwierigkeiten sind das?«
Leslie seufzte. »Wenn ich das wüsste! Bianka hat leider nicht mit mir darüber geredet. Sie hat so getan, als wäre alles in Ordnung. Aber ich habe trotzdem gemerkt, dass etwas nicht stimmt.«
»Woran?«, wollte Marie wissen.
»Sie war anders als sonst.« Leslie dachte nach. »Ruhiger und nachdenklicher. Nicht mehr so fröhlich. Manchmal war sie mit ihren Gedanken ganz weit weg. Und sie hat ein paar Klausuren versiebt. Das ist bei ihr vorher noch nie vorgekommen. Bianka ist ein echtes Genie, sie ist in allen Fächern Klassenbeste!« In Leslies Stimme schwang eine große Portion Bewunderung mit.
»Ihre schulischen Leistungen haben also nachgelassen?«, hakte Kim nach. »Kannst du dich daran erinnern, wann das losging?«
Leslie nickte. »Als Jason mit ihr Schluss gemacht hat. Am

nächsten Tag hatte Bianka während ihres Geschichtsreferats ein Blackout. Sie konnte sich plötzlich an nichts mehr erinnern. Dabei hatte sie alles so gründlich vorbereitet. Sie hat mir später davon erzählt. Vor lauter Verzweiflung ist sie einfach aus dem Klassenzimmer gerannt.«

»Wie schrecklich!« Kim schauderte. Sie mochte Referate selbst nicht besonders. Sie fühlte sich nicht wohl dabei, vor der ganzen Klasse zu stehen und von allen angestarrt zu werden. Dabei auch noch ein Blackout zu bekommen, musste der reine Horror sein.

»Wer ist Jason?«, fragte Marie.

»Biankas Freund«, erklärte Leslie. »Besser gesagt: ihr Ex-Freund. Sie waren ungefähr ein halbes Jahr zusammen, dann hat er Schluss gemacht.«

Kim beugte sich interessiert vor. War der Ex-Freund vielleicht eine heiße Spur? »Warum hat er die Beziehung beendet?«

Leslie zuckte mit den Schultern. »Einfach so. Ich glaube, Bianka hat das auch nicht verstanden. Sie hat nächtelang geweint. Ich hab's genau gehört, obwohl sie immer versucht hat, leise zu sein. Tagsüber hat sie dann so getan, als wäre alles in Ordnung. Aber das war es nicht. Sie hat sich immer mehr zurückgezogen, hat nicht mehr beim Debattierclub mitgemacht und auch nicht beim Volleyball. Sie ist nämlich sehr sportlich, müsst ihr wissen.«

In Kims Kopf überschlugen sich die Gedanken. Ein Ex-Freund, der plötzlich Schluss machte. Bianka, die sich daraufhin veränderte und schließlich spurlos verschwand. Gab es da einen Zusammenhang?

Maries Gedanken schienen in eine ähnliche Richtung zu gehen. »Vielleicht hat sie den Liebeskummer nicht verkraftet. Vielleicht war dieser Jason ihre große Liebe und sie kam mit dem Ende der Beziehung nicht zurecht.«

»Meinst du etwa, sie hat sich …« Franzi ließ den Satz in der Luft hängen, aber Kim wusste trotzdem sofort, was sie meinte. Hatte Bianka sich etwas angetan? Aus Rücksicht auf Leslie sprach Kim die schreckliche Befürchtung nicht aus. Stattdessen sagte sie: »Wir müssen mit Jason reden. Möglich, dass Bianka sich bei ihm gemeldet hat.«

»Da hinten ist er.« Leslie zeigte auf einen sportlichen Jungen mit hellbraunen, halblangen Haaren, der sich an der Essensausgabe eine Portion Kartoffelbrei mit Würstchen geben ließ.

»Habt ihr nicht auch gerade riesigen Appetit auf Nachtisch bekommen?« Marie zwinkerte ihren Freundinnen zu. »Und überlasst mir das Reden, ich habe eine bombensichere Strategie.«

Kim und Franzi folgten Marie zur Essensausgabe. Während Kim sich noch fragte, wie Maries Strategie aussah, schnappte sich Marie bereits ein Tablett, wirbelte herum und stieß so schwungvoll gegen Jason, dass er das Gleichgewicht verlor und gegen die Theke knallte. Um ein Haar wäre er in seinem Kartoffelbrei gelandet.

»O nein, das tut mir wirklich fürchterlich leid! Hast du dir wehgetan?« Marie schlug die Hände vor den Mund und riss die Augen weit auf. Diesen erschreckten Blick hatte sie perfekt drauf, wie Kim bewundernd feststellte. Wieder einmal kamen Marie die Schauspielstunden zugute, die sie regelmäßig nahm, um später einmal in die Fußstapfen ihres Vaters treten zu können.

»Alles in Ordnung.« Jason strich sich die halblangen Haare aus dem Gesicht und betrachtete Marie interessiert. »Seid ihr neu im Internat? Ich hab euch hier noch nie gesehen.«

Marie schenkte ihm ein strahlendes Lächeln. »Wir sind nur übers Wochenende zu Besuch. Es ist wirklich toll hier! Leslie hat uns schon alles gezeigt und ich bin hin und weg.«

»Seid ihr Freundinnen von Leslie?«, fragte Jason. »Oder … von Bianka?« Ein Schatten huschte über sein Gesicht.
»Von beiden!«, behauptete Marie fröhlich. »Leider ist Bianka dieses Wochenende verreist.«
»Aha.« Jason starrte auf seine Füße. Sein Gesicht war plötzlich verschlossen.
»Sag mal …« Marie tat so, als sei ihr plötzlich etwas eingefallen. »Warst du nicht mal mit Bianka zusammen?«
»Ja«, antwortete Jason knapp. »Aber das ist schon eine Weile her.«
»Stimmt, sie hat mir von eurer Trennung erzählt.« Marie seufzte mitfühlend. »Die Arme war ganz schön fertig, nachdem du Schluss gemacht hattest.«
Jason hob mit einem Ruck den Kopf. Er sah ehrlich überrascht aus. »*Ich* soll Schluss gemacht haben? Hat sie das wirklich erzählt? So ein Unsinn! Bianka hat sich von mir getrennt, einfach so, von heute auf morgen.«
»Nein!«, rief Marie. »Tatsächlich? Aber warum denn?«
Jason zuckte mit den Schultern. Um seinen Mund lag ein bitterer Zug. »Keine Ahnung. Sie hat es mir nicht erklärt. Sie hat es vorgezogen, gar nicht mehr mit mir zu reden. Irgendwann habe ich es aufgegeben. Ich hatte keine Lust, ihr noch länger hinterherzulaufen. Schon gar nicht, als ich mitbekommen habe, dass sie sich jetzt mit Björn und seiner Clique abgibt.«
Marie zog die Augenbrauen hoch. »Björn? Ist das nicht dieser große, dunkelhaarige Typ mit der Gelfrisur?«
Jason nickte. »Bingo! Björn ist der Sohn unseres Direktors. Er gibt hier den Ton an. Die meisten lechzen danach, zur Clique seiner Auserwählten zu gehören, dabei ist er ein total schmieriger Typ.« Jason machte keinen Hehl daraus, dass er Björn nicht mochte. »Bianka und ich haben uns immer über ihn lustig gemacht. ›Prinz Björn der Erste‹ haben wir ihn genannt,

weil er gerne wie ein Prinz über den Schulhof stolziert. Als würde das ganze Schloss ihm gehören. Keine Ahnung, was Bianka plötzlich an ihm findet.« Er wandte sich ab. »Aber das geht mich jetzt alles nichts mehr an.«
Jason nahm sein Tablett, auf dem das Essen inzwischen abgekühlt war. Mit hängenden Schultern ging er zu einem freien Tisch, setzte sich und begann, den kalten Kartoffelbrei in sich hineinzuschaufeln.
Marie schüttelte mitleidig den Kopf. »Armer Kerl! Er hat die Trennung von Bianka offenbar immer noch nicht überwunden.«
Kim nahm sich ein Schälchen Vanillepudding mit Himbeeren aus der Glasvitrine mit den Nachtischen. »Und Bianka hat Leslie angelogen: Nicht Jason hat sich von ihr getrennt, sondern sie sich von ihm.«
»Aber wieso hat sie dann nächtelang geweint?«, wunderte sich Franzi. »Das kapier ich nicht.«
»Eine Trennung kann eben auch wehtun, wenn man selbst Schluss macht.« Eine steile Falte erschien auf Kims Stirn. Sie musste an Michi denken. Er würde sich nie von ihr trennen. Wenn überhaupt, musste sie diesen Schritt tun. Aber wie sollte sie die Kraft dazu aufbringen? Und würde sie mit dieser Entscheidung leben können? Schnell schob Kim die düsteren Gedanken beiseite. Sie musste sich jetzt auf den Fall konzentrieren.
»Und wie gehen wir weiter vor?«, fragte Marie.
Kim überlegte. »Wir müssen mit Björn reden. Und wir sollten uns etwas gründlicher in Biankas Zimmer umsehen. Vielleicht finden wir irgendetwas, das uns weiterbringt. Aber vorher esse ich meinen Nachtisch.«
Ehe jemand widersprechen konnte, marschierte Kim mit ihrem Vanillepudding zurück zu Leslie.

Ein erschreckender Fund

»Es ist ein komisches Gefühl, in den Sachen von jemand anderem herumzuwühlen.« Franzi hatte Biankas Schreibtischschublade aufgezogen und betrachtete unschlüssig die sorgfältig sortierten Unterlagen.
»Wir tun das ja nicht aus Neugier«, rechtfertigte Kim die Aktion, »sondern weil wir Bianka helfen wollen.« Trotzdem war auch ihr nicht ganz wohl, als sie Biankas Matratze anhob, um nachzusehen, ob darunter etwas versteckt war.
»Wonach suchen wir eigentlich?«, fragte Marie, die sich Biankas Schrank vorgenommen hatte. Sie ging systematisch Fach für Fach durch und arbeitete sich durch Stapel von Hosen, Pullovern, T-Shirts und Sportbekleidung.
»Das weiß ich auch nicht so genau.« Kim ließ die Matratze fallen, ohne etwas gefunden zu haben. »Irgendetwas Auffälliges. Etwas, das nicht ins Bild passt. Hat Bianka vielleicht Tagebuch geschrieben, Leslie?« In derselben Sekunde fragte sich Kim, warum sie eigentlich in der Vergangenheitsform von Bianka sprach. Als ob sie schon tot wäre … Der Gedanke jagte Kim einen Schauer über den Rücken.
Leslie saß auf ihrem Bett und sah den drei !!! zu. »Nicht dass ich wüsste. Dazu hätte sie gar keine Zeit. Sie hat immer jede Menge zu tun mit ihrem Lernpensum und den vielen Aktivitäten in ihrer Freizeit.«
»Auf jeden Fall ist sie sehr ordentlich.« Franzi blätterte bewundernd die Mappen und Hefte in Biankas Schreibtisch durch. Für jedes Schulfach hatte sie eine eigene Mappe angelegt, in der sämtliche Unterlagen sauber abgeheftet waren. Biankas Aufzeichnungen waren stets in Schönschrift geschrieben, wichtige Passagen mit Lineal in verschiedenen Farben

unterstrichen. Franzi seufzte. »Ich wünschte, mein Schulkram wäre nur halb so gut sortiert. Bei mir fliegen immer alle Blätter irgendwo herum, und wenn ich etwas Bestimmtes suche, finde ich es nicht.«
Kim kicherte. »Kann ich mir lebhaft vorstellen. Du bist und bleibst eben eine Chaotin!« Dann wurde sie wieder ernst. »Also, in Biankas Nachttisch und unter dem Bett kann ich nichts finden.«
»Im Schreibtisch ist auch nichts Verdächtiges.« Franzi schob die Schubladen wieder zu.
»In Biankas Schrank gibt es schon ein paar Auffälligkeiten«, stellte Marie fest.
»Tatsächlich?«, fragte Kim interessiert. »Was denn?«
»Ihre Kleider sind sehr gut gepflegt, aber sie besitzt kein einziges Teil der aktuellen Frühjahrsmode«, erklärte Marie. »Die meisten Sachen sind mindestens zwei oder drei Jahre alt. Doch sie hat keinen schlechten Geschmack und kauft gerne qualitativ hochwertige Basics. Nicht besonders trendy, aber solide und zeitlos.«
Leslie starrte Marie bewundernd an. »Und das hast du alles mit einem Blick in den Kleiderschrank herausgefunden?«
Marie lächelte geschmeichelt. »Natürlich. Das ist wirklich nicht schwer, wenn man sich ein bisschen für Mode interessiert.«
Franzi verdrehte die Augen. »Wir sind hier aber nicht auf einem Modeseminar, sondern wir versuchen, einen Fall aufzuklären! Da ist es doch völlig unwichtig, was Bianka für Klamotten trägt.«
»Nicht unbedingt«, warf Kim ein. »Es lässt gewisse Rückschlüsse auf ihren Charakter zu. Und auf ihre finanzielle Situation. Offenbar hat sie nur wenig Geld zur Verfügung, denn sie kann sich nicht die neuesten Klamotten leisten. Das passt

zum Stipendium. Aber sie legt trotzdem Wert auf ein gepflegtes Erscheinungsbild. Sie will nicht auffallen und macht sich nichts aus raffinierten Outfits. Sie will mit ihren Leistungen überzeugen, nicht mit ihrem Äußeren.«
Leslie nickte eifrig. »Genau! Das ist Bianka, wie sie leibt und lebt. Du hast sie hundertprozentig getroffen.«
Kim seufzte. »Leider verrät uns das immer noch nicht ihren Aufenthaltsort. Ich fürchte, wir sind keinen Schritt weitergekommen.«
»Moment mal!« Marie hatte sich auf den Boden gekniet, um Biankas Schuhe zu begutachten, die ganz unten im Schrank standen. »Das Schuhfach ist nicht so tief wie die restlichen Fächer. Merkwürdig …« Sie schob die Schuhe zur Seite und ruckelte an dem Holzbrett, das die Rückwand des Faches bildete. Kim und Franzi sahen gespannt zu. Auch Leslie kam neugierig näher.
»Mach den Schrank bloß nicht kaputt«, mahnte Kim.
In diesem Moment löste sich das Brett mit einem Ruck, fiel Marie entgegen und Marie landete auf dem Po. »Autsch!« Sie rieb sich das Steißbein und betrachtete verdutzt das Holzstück, das vor ihr auf dem Boden lag.
»So ein Mist!«, schimpfte Kim. »Jetzt hast du ihn doch kaputt gemacht. Wie sollen wir das bloß Bianka erklären?«
»Ich glaube, vorher muss Bianka uns erst einmal etwas erklären.« Marie starrte ungläubig in den Schrank. »Seht euch das an!«
Kim kniete sich neben Marie. Sie traute ihren Augen kaum. Hinter dem Brett befand sich ein Hohlraum!
»Ein Geheimfach im Kleiderschrank«, stellte Franzi beeindruckt fest. »Nicht schlecht.«
Aber das Geheimfach selbst war es nicht, was den drei !!! beinahe die Sprache verschlug. Es war sein Inhalt. In dem klei-

nen Hohlraum hinter dem Schuhfach standen dicht gedrängt jede Menge Flaschen.
Marie griff nach einer davon. »Bier! Die Sorte trinkt mein Vater auch immer. Und das hier ist Rotwein.« Sie holte eine andere Flasche aus dem Versteck und begutachtete das Etikett. »Ziemlich billiges Zeug, wenn ihr mich fragt. Discountware aus dem Supermarkt, schätze ich.«
Kim räumte die restlichen Flaschen aus. Es war noch mehr Bier, Wein und Sekt. »Und was ist das hier?« Sie zeigte auf mehrere Flaschen mit leuchtend grünem, rotem und gelbem Inhalt.
»Alkopops«, erklärte Marie. »Alkoholhaltige Mischgetränke. Da sind richtig harte Sachen drin, meistens Whisky oder Wodka, gemischt mit Limonade.«
Franzi verzog das Gesicht. »Und das schmeckt?«
Marie zuckte mit den Schultern. »Keine Ahnung, ich hab's noch nicht probiert und auch echt kein Interesse daran! Aber ich kenne ein paar Leute aus dem Jugendzentrum, die total darauf abfahren.«
»Sieht ja auch witzig aus.« Kim drehte eine Flasche mit rotem Inhalt hin und her. »So schön bunt.«
Marie nickte. »Stimmt, aber das Zeug hat es in sich. Es hat einen höheren Alkoholgehalt als Bier. Das haut einen ganz schnell aus den Latschen.«
Kim stellte die Flasche wieder weg. »Ich mag sowieso keinen Alkohol.«
Leslie, die bisher keinen Ton gesagt hatte, starrte auf die Flaschensammlung. Sie schien total schockiert zu sein. »Aber … aber …«, stammelte sie. »Was wollte Bianka denn mit all dem Alkohol?«
»Genau das müssen wir herausfinden«, sagte Kim. »Vielleicht gelingt es uns dann auch, Bianka zu finden.«

Detektivtagebuch von Kim Jülich
Samstag, 14:13 Uhr
Der Fund in Biankas Schrank gibt dem Fall eine völlig neue Wendung. Hat Bianka Alkoholprobleme? Der Verdacht drängt sich auf, wenn man ihr geheimes Alkohollager betrachtet. Das würde auch ihre Wesensveränderung in der letzten Zeit erklären. Hat sie die Trennung von Jason nicht verkraftet und deshalb zur Flasche gegriffen? Aber wieso hat das niemand gemerkt? Eigentlich hätte Bianka ja permanent eine Fahne haben müssen. Leslie ist jedoch nichts in der Richtung aufgefallen.
Auf dem gesamten Internatsgelände ist Alkohol streng verboten. Leslie hat uns erzählt, dass es trotzdem Gerüchte über Schüler gibt, die angeblich regelmäßig Alkohol aufs Gelände schmuggeln und nächtliche Saufpartys veranstalten. Hatte Bianka vielleicht etwas damit zu tun? Ist ihr betrunken etwas zugestoßen? Oder ist sie aus einem anderen Grund abgehauen?
So viele Fragen … Wir müssen die Antworten finden! Ich würde am liebsten Kommissar Peters informieren. Bianka ist jetzt schon seit 24 Stunden spurlos verschwunden. Was, wenn ihr tatsächlich etwas Schlimmes zugestoßen ist? Aber Leslie hat uns angefleht, bis morgen Abend zu warten. Sie hofft immer noch, dass Bianka einfach eine Auszeit brauchte und am Ende des Wochenendes quietschfidel wieder auftaucht. Wir haben uns darauf eingelassen, um Bianka unnötigen Ärger zu ersparen. Ich kann nur hoffen, dass wir diese Entscheidung später nicht bereuen …

Geheimes Tagebuch von Kim Jülich
Samstag, 14:35 Uhr
Achtung: Lesen für Unbefugte (alle außer Kim Jülich) streng verboten! Das gilt auch für Internatsschüler und ganz besonders für den liebsten Jungen der Welt: Michi, du darfst diese Zeilen niemals lesen!!!

So ein Mist, Mist, Mist! In der ganzen Aufregung um Bianka habe ich die Verabredung mit Michi komplett vergessen. Wie konnte das nur passieren? Ich bin wirklich eine dumme Nuss! Fahre einfach weg, ohne daran zu denken, dass ich Michi heute Abend beim Chinesen treffen wollte. Und seine Azubi-Kollegen natürlich auch.
Habe ich die Verabredung vielleicht verdrängt, weil ich keine Lust darauf hatte? Wenn ja, hat es prächtig funktioniert. Es ist mir erst wieder eingefallen, als Franzi eine SMS von Felipe bekommen hat. Sie sah so glücklich aus und ich musste an die erste Zeit mit Michi denken, als wir frisch verliebt waren und uns auch ständig Nachrichten geschickt haben. Und – zack! – ist mir die Verabredung wieder eingefallen.
Was soll ich denn jetzt machen? Ich kann auf keinen Fall heute Abend zurückfahren. Marie und Franzi würden es mir nie verzeihen, wenn ich sie im Stich ließe. Und ich mir auch nicht. Wir müssen Bianka finden und hier im Internat weiter ermitteln, das ist im Moment das Wichtigste.
Aber lasse ich Michi nicht auch im Stich, wenn ich ihn versetze? Verflixt! Warum ist das Leben bloß immer so kompliziert? Es hilft alles nichts, ich muss Michi absagen. Am besten mache ich es jetzt sofort, dann habe ich es hinter mir. Die Frage ist nur, wie. Hoffentlich finde ich die richtigen Worte …
Michi, verzeih mir!

Liebesstress und Flirtmanöver

»Du bist *wo*?«, fragte Michi ungläubig.
»Im Schlossinternat Hohenstein«, wiederholte Kim. »Ich hab dir doch erzählt, dass wir einen neuen Fall haben. Eine Schülerin wird vermisst. Wir suchen nach ihr.«
»Habt ihr schon die Polizei informiert?«, fragte Michi.
»Noch nicht«, antwortete Kim ausweichend.
»Was sagen denn die Eltern des Mädchens dazu? Sie müssen ja außer sich sein vor Sorge.«
»Na ja …« Kim räusperte sich. »Wir wollten keinen unnötigen Wirbel veranstalten, darum haben wir ihnen noch nichts erzählt. Vielleicht taucht sie ja von alleine wieder auf.« Kim merkte selbst, wie dünn ihre Argumentation klang.
Michi seufzte. »Ich habe dich und deinen Detektivclub immer unterstützt, Kim, das weißt du. Aber es gibt gewisse Grenzen. Ihr könnt nicht einfach auf eigene Faust nach einer vermissten Schülerin suchen. Das ist unverantwortlich.«
Michi sprach genau das aus, was Kim insgeheim selbst dachte. Er hätte ihre Zweifel nicht treffender in Worte fassen können. Um nicht darüber nachdenken zu müssen, ging Kim automatisch zum Angriff über.
»Vertraust du uns etwa nicht? Wir haben schon so viele Fälle gelöst, wir werden es auch diesmal schaffen. Schließlich sind wir keine Anfänger mehr!« Kim hatte sich in Rage geredet. Drei Spatzen, die vor ihr über den Kiesweg gehüpft waren, flatterten aufgeschreckt über die Buchsbaumhecke davon. Kim hatte sich in den Schlosspark zurückgezogen, um ungestört mit Michi telefonieren zu können.
»Du musst wissen, was du tust«, sagte Michi kühl. »Heißt das, du kommst heute Abend nicht?«

Kim atmete einmal tief durch. »Nein, ich kann nicht. Ich werde hier gebraucht.«
»Die Ermittlungen sind also mal wieder wichtiger als ich. Dass ich dich auch brauche, ist dir offensichtlich völlig egal.« Michi klang so verbittert, dass Kim erschrak. Das Gespräch lief in eine völlig falsche Richtung! Eigentlich hatte sie Michi viel schonender beibringen wollen, dass er heute beim Chinesen auf sie verzichten musste. Sie hatte sich entschuldigen und ihm vorschlagen wollen, seine Freunde ein andermal zu treffen. Aber Michis Vorwürfe hatten sie völlig durcheinandergebracht.
»Tut mir leid, ich wollte nicht …«, begann Kim, doch Michi ließ sie nicht ausreden.
»Schon gut, bemüh dich nicht. Ich habe verstanden. Der Detektivclub geht vor – wie immer.«
»Das ist ungerecht!«, rief Kim ärgerlich. »Du hast dich in letzter Zeit doch auch völlig in deine eigene Welt zurückgezogen. Das Einzige, was dich interessiert, sind deine neuen Freunde und deine ach so tolle Ausbildung.«
»Ich mache mir eben Gedanken um die Zukunft!« Michi klang aufgebracht. »Das kannst du doch nicht mit deinem Detektivclub vergleichen. Werd endlich erwachsen, Kim!«
»Erst wenn du wieder normal geworden bist, Michi Millbrandt!« Kim beendete das Gespräch, ohne sich zu verabschieden. Am liebsten hätte sie das Handy in den sanft plätschernden Springbrunnen geworfen, an dem sie gerade vorbeikam. Stattdessen stopfte sie es tief in ihre Jackentasche.
Kim war so wütend, dass sie sich erst wieder etwas abregen musste, bevor sie zu den anderen zurückkehren konnte. Also marschierte sie los, die ordentlich geharkten Kieswege entlang, und atmete tief die frische Frühlingsluft ein. Es war immer noch recht kühl, aber die Birken im Schlosspark leuchte-

ten in einem hellen Grün und die Tulpen blühten rot und gelb. Es war friedlich und still, nur das Vogelgezwitscher war zu hören. Eigentlich ein herrlicher Samstagnachmittag, zumindest wenn man sich nicht gerade mit seinem Freund gestritten hatte.

Je weiter Kim lief, desto mehr verrauchte ihre Wut. Zurück blieb eine dumpfe Traurigkeit. Früher wäre es zwischen ihr und Michi nie so weit gekommen. Michi hätte Verständnis dafür gehabt, dass der Fall wichtiger war als ihre Verabredung. Er hätte nicht versucht, ihr den Mut zu nehmen, sondern sie unterstützt. Aber nun war alles anders. Michi interessierte sich nur noch für seine Welt. Was Kim tat, dachte und fühlte, war ihm egal.

Insgeheim wusste Kim, dass sie ungerecht war. Aber es tat ihr gut, in Gedanken auf Michi zu schimpfen. Zumindest war das besser, als die bodenlose Traurigkeit, die hinter der Wut lauerte.

Seufzend kehrte Kim um und ging zurück zum Internat. Die anderen fragten sich bestimmt schon, wo sie blieb. Sie musste jetzt die Gedanken an Michi beiseiteschieben. Sie brauchte ihre Energie für die Suche nach Bianka. Nur mit einem klaren Kopf würden die drei !!! es schaffen, diesen Fall zu lösen.

Kim straffte die Schultern, als sie mit federnden Schritten die Stufen zur Eingangstür hochlief. »Auf geht's, Kim Jülich«, murmelte sie. »Zeig, was du kannst!«

»Hier, extra für dich!« Marie stellte ein Stück Blaubeerkuchen vor Kim auf den Tisch.

»Das ist genau das, was ich jetzt brauche.« Kim lächelte Marie dankbar zu.

Franzi kam mit einem Tablett an den Tisch, auf dem sich drei Tassen Kakao und ein Teller mit Sandwiches und zwei weiteren Kuchenstücken befanden. »Achtung, heiß und fettig!« Sie knallte das Tablett mit so viel Schwung auf den Tisch, dass der Kakao überschwappte.

Die drei !!! hatten beschlossen, ihre Lagebesprechung auf die Terrasse zu verlegen. Kim hatte eine gemütliche, windgeschützte Sitzecke ausgesucht, während Franzi und Marie eine kleine Stärkung aus dem Speisesaal geholt hatten. Es war Zeit für den Nachmittagskaffee, der am Wochenende jedoch keine Pflichtveranstaltung war. Wer Lust hatte, konnte sich etwas zu essen und zu trinken holen. Wer seine Ruhe haben wollte, blieb in seinem Zimmer. Leslie hatte sich entschuldigt, sie musste noch ihr Referat vorbereiten. Außerdem hatten die drei !!! ihr erklärt, dass ein Grundsatz ihres Detektivclubs war, keine anderen Personen in die Ermittlungen einzubeziehen – was nicht ausschloss, dass sie immer mal wieder Leslies Hilfe benötigen würden.

Die Sonne war herausgekommen. Ihre Strahlen wärmten Kims Gesicht und sie schloss für einen Moment die Augen. Orangefarbene Spiralen tanzten auf der Rückseite ihrer Lider und Kim wünschte sich zurück in eine andere Zeit. Eine Zeit, in der sie glücklich gewesen war und kein nagender Schmerz ihr Herz zerfressen hatte.

»Alles okay?« Marie berührte sanft Kims Arm.

Kim öffnete die Augen und nickte. Sie schob den Kuchenteller zur Seite. Plötzlich hatte sie keinen Appetit mehr.

»Was hat Michi denn gesagt?«, fragte Franzi. »War er sehr sauer?«

Kim zuckte mit den Schultern. »Geht so. Ich glaube, er war eher … enttäuscht. Und verbittert.«

Marie verzog das Gesicht. »Das ist ja noch schlimmer!«

»Mach dir nichts draus«, sagte Franzi tröstend. »Der kriegt sich schon wieder ein.«

»Ja, vielleicht.« Kim beobachtete eine Fliege, die über das Tablett krabbelte, direkt auf die Kakaopfütze zu. »Lasst uns lieber über den Fall reden. Ich brauche etwas Ablenkung.«
»Kann ich verstehen.« Franzi nahm ihren Becher vom Tablett und die Fliege surrte davon.
»Also, wie gehen wir vor?«, fragte Marie.
Kim überlegte. »Wir müssen mit Björn reden. Schließlich hat Bianka laut Jason in letzter Zeit viel mit ihm zu tun gehabt. Aber wie kommen wir am besten an ihn heran?« Es fiel ihr schwer, sich zu konzentrieren. Ihr Gehirn kam nur langsam in Schwung.
»Da fällt mir schon was ein …« Marie lächelte versonnen. »So ein süßer Typ! Bestimmt ist jedes zweite Mädchen hier im Internat in ihn verschossen …«
Franzi kicherte. »Einschließlich dir.«
»Quatsch!« Marie runzelte die Stirn. »Ich finde ihn bloß ganz nett, das ist alles.«
Kim musste grinsen. »Schon klar.«
»Wenn man vom Teufel spricht …«, raunte Franzi ihren Freundinnen zu und nickte zur Tür hinüber, durch die soeben ein großer, sportlicher Junge mit Gelfrisur getreten war. Björn! Er blinzelte in die Sonne. Als er die drei !!! erblickte, stutze er. Für den Bruchteil einer Sekunde meinte Kim, einen Ausdruck über sein Gesicht huschen zu sehen, den sie nicht richtig deuten konnte. War es Überraschung? Unbehagen? Oder Angst?
Dann verzog er den Mund zu einem breiten Lächeln und kam mit langen Schritten auf den Tisch der drei !!! zu. »Darf ich?«, fragte er und zeigte auf einen freien Sessel.
»Aber natürlich«, säuselte Marie. »Es ist uns ein Vergnügen.«
»Flirtattacke«, flüsterte Franzi so leise, dass nur Kim es hören konnte. Kims Mundwinkel zuckten.

Björn lehnte sich zurück und schlug die Beine übereinander. Heute trug er Jeans und ein schlichtes, schwarzes T-Shirt. An den Wochenenden mussten die Schüler keine Schuluniform tragen. Er eröffnete das Gespräch mit einem ironischen Augenzwinkern. »Euch scheint es ja wirklich gut bei uns zu gefallen. Oder was treibt euch sonst am Wochenende ins Internat?«

»Recherchen«, behauptete Marie geheimnisvoll.

Björn zog eine Augenbraue hoch. »Was für Recherchen?«

»Zum Thema ›Jugendliche und Alkohol‹«, erklärte Marie. »Wir drei arbeiten an einem Projekt zu dieser Problematik. Dazu gehört auch eine Umfrage unter Internatsschülern.«

»Und?« Björn machte ein interessiertes Gesicht. »Habt ihr schon etwas herausgefunden?«

Franzi nickte. »Angeblich soll es hier nächtliche Saufpartys geben. Weißt du etwas darüber?«

»Wer erzählt denn so was?«, fragte Björn, anstatt zu antworten.

»Vertrauliche Quellen.« Kim ließ Björn nicht aus den Augen. Sein Blick hatte etwas Lauerndes, was ihn nicht gerade sympathischer machte.

»Wir gewähren unseren Informanten absolute Anonymität. Niemand wird namentlich genannt.« Marie beugte sich vor und sah Björn eindringlich an. »Du kannst uns vertrauen!«

»Klar … man hört so Einiges hier …« Björn grinste schief. »Und es gibt Leute, die gerne mal einen über den Durst trinken.«

»Du auch?«, fragte Kim scharf.

Björn schüttelte heftig den Kopf. »Ich rühre keinen Tropfen an. Das hab ich gar nicht nötig.«

»Das hätten wir auch nicht von dir gedacht«, sagte Marie schnell. »Aber hast du vielleicht eine Ahnung, wer hinter den Partys stecken könnte?«

Björn zuckte bedauernd mit den Schultern. »Leider nicht.«
»Hat Bianka etwas damit zu tun?«, fragte Kim.
Da war er wieder! Für einen kurzen Moment blitzte der lauernde Blick in Björns Augen auf. Wie bei einem Wolf, kurz bevor er sich auf seine Beute stürzt und sie in Stücke reißt.
»Bianka? Wie kommt ihr denn ausgerechnet auf Bianka?«
»Sie ist verschwunden«, erklärte Marie. »Seit Freitag. Aua!«
Marie warf Kim, die ihr soeben unter dem Tisch einen Tritt gegen das Schienbein verpasst hatte, einen vorwurfsvollen Blick zu. Kim schüttelte unmerklich den Kopf. Vor lauter Flirten hatte Marie offenbar den wichtigsten Grundsatz der Detektivarbeit vergessen: Keine vertraulichen Informationen an Außenstehende! Schon gar nicht an Zeugen oder Verdächtige. Was von beidem Björn war, konnte Kim noch nicht genau sagen. Aber er wusste mehr, als er zugab, so viel war klar.
Bei Maries letzten Worten war Björn blass geworden. »Ver… verschwunden?«, stotterte er. Seine Selbstsicherheit war plötzlich wie weggeblasen. »Aber sie ist doch übers Wochenende nach Hause gefahren!«
»Ist sie nicht«, sagte Kim. »Weißt du, wo sie stecken könnte? Wir machen uns nämlich ziemlich Sorgen um sie.«
Björn hatte sich schnell wieder gefangen. Er winkte ab. »Ach, der wird schon nichts passiert sein. Vielleicht ist sie mal wieder auf Sauftour.«
Kim runzelte die Stirn. »Was soll das heißen?«
»Im Internat gibt es keine Geheimnisse«, erklärte Björn. »Wir leben hier so eng beieinander, dass früher oder später alles herauskommt. Deine Stärken, deine Schwächen, nichts bleibt verborgen. Und Biankas Schwäche ist der Alkohol. Jetzt, wo du es sagst – es würde mich tatsächlich nicht wundern, wenn sie hinter den geheimen Partys steckt.«
»Wie kommst du darauf?«, wollte Franzi wissen.

»Sie hat mehrmals nach Fusel gerochen, als sie mir morgens im Speisesaal über den Weg gelaufen ist. Und zwar nicht zu knapp!« Björn grinste.
»Bist du sicher?«, hakte Kim nach. »Ihre Zimmernachbarin hat nichts davon bemerkt.«
Björn machte ein verächtliches Gesicht. »Leslie? Die ist doch noch ein Kind! Sie ist so naiv, dass sie eine Alkoholfahne nicht mal bemerken würde, wenn jemand Feuer spuckt. Außerdem himmelt sie Bianka an. Sie würde niemals etwas Schlechtes über sie sagen.«
In diesem Punkt musste Kim Björn insgeheim recht geben. Aber konnte es wirklich sein, dass Bianka heimlich Alkohol aufs Internatsgelände geschmuggelt und sich sinnlos betrunken hatte? Das passte so gar nicht zu dem Eindruck, den sie auf Kim gemacht hatte. Doch es passte natürlich zu den gebunkerten Flaschen hinter Biankas Schuhfach.
Auch Franzi schien an Björns Aussage zu zweifeln. »Bianka ist sehr ehrgeizig, sie hat sogar ein Stipendium! Und gleichzeitig soll sie Saufpartys organisieren? Das kann ich mir einfach nicht vorstellen.«
Björn beugte sich vor. »Was ich euch jetzt sage, muss unbedingt unter uns bleiben, klar?« Seine Stimme wurde so leise, dass Kim die Ohren spitzen musste. Dabei waren sie die Einzigen auf der Terrasse. »Bianka ist nicht so harmlos, wie sie tut«, fuhr er fort. »Nach außen hin spielt sie die ehrgeizige Schülerin, klar. Aber in Wirklichkeit hat sie es faustdick hinter den Ohren …« Er machte eine spannungsgeladene Pause, dann ließ er die Bombe platzen: »Bianka hat sich ihr Stipendium erschwindelt! Sie hat es nur bekommen, weil sie bei der Aufnahmeprüfung geschummelt hat.«
»Nein!« Franzi blieb vor Überraschung fast der Mund offen stehen.

»Bist du sicher?«, fragte Marie.
Kim schüttelte ungläubig den Kopf. »Das hat sie bei ihren guten Noten doch gar nicht nötig.«
Björn lehnte sich zurück, zufrieden mit der Wirkung seiner Worte. »Um Bianka braucht ihr euch echt keine Sorgen zu machen. Wenn ihr mich fragt, ist sie einfach ein paar Tage abgetaucht, um sich ungestört volllaufen zu lassen. Damit sie am Montag wieder die brave Superschülerin spielen kann.« Er stand auf. »Jetzt müsst ihr mich leider entschuldigen. Aber sagt doch Bescheid, wenn ihr fertig seid mit eurem … *Projekt.*« So wie er das Wort aussprach, war klar, dass er Maries Tarnung durchschaut hatte. »Die Ergebnisse würden mich wirklich interessieren.« Er zwinkerte Marie zu.
Marie wurde rot. »Äh … ja klar, machen wir.« Sie versuchte, nicht allzu ertappt auszusehen. »Kann aber eine Weile dauern. Es ist ein Langzeitprojekt.«
Björn grinste. »Das hab ich mir fast gedacht.« Er hob lässig die Hand. »Man sieht sich.« Dann verschwand er um die Hausecke.

Leslies Geheimnis

»Mensch, Marie, musste das sein?«, fragte Kim vorwurfsvoll. Marie nippte verlegen an ihrem Kakao. »Tut mir leid«, murmelte sie und stellte den Becher wieder ab. »Es ist mir einfach so rausgerutscht, dass Bianka verschwunden ist.«
»Vielleicht solltest du dich weniger aufs Flirten und mehr auf den Fall konzentrieren«, bemerkte Franzi spitz.
Marie warf ihr einen wütenden Blick zu. »Machst du nie Fehler?«
»Nein.« Franzi grinste überlegen. »Nie.«
»Schwamm drüber.« Kim trank ihren Kakao aus und stellte die leeren Becher zurück auf das Tablett. »Vorwürfe bringen uns jetzt nicht weiter. Lasst uns lieber reingehen und das Gespräch mit Björn noch einmal analysieren. Wenn es stimmt, was er sagt, haben wir Bianka bisher völlig falsch eingeschätzt und die Flaschen in ihrem Schrank ergeben endlich einen Sinn.«
Die anderen waren einverstanden und zwei Minuten später lag die Terrasse still und verlassen im rotgoldenen Abendlicht.

In Leslies Zimmer machte Kim es sich auf Biankas Bett bequem. Marie nahm an Biankas Schreibtisch Platz und Franzi setzte sich im Schneidersitz auf ihre Isomatte, die sie bereits neben dem Bett auf dem Boden ausgerollt hatte.
»Musst du immer noch lernen?«, fragte Franzi Leslie, die an ihrem Schreibtisch über einem Wust von Zetteln saß. Daneben stapelten sich Bücher, zerfledderte Hefte und Karteikarten. Die drei !!! hatten ja schon bemerkt, dass Leslie längst nicht so ordentlich und gut organisiert war wie ihre Zimmernachbarin.

Leslie sah auf. »Ja, leider.« Sie seufzte. »Ich muss doch am Montag ein Referat in Geschichte halten. Über die Französische Revolution. Eigentlich wollte Bianka mir bei den Vorbereitungen helfen, doch jetzt muss ich es irgendwie alleine schaffen …« Sie sah so unglücklich aus, dass sie Kim richtig leidtat.

»Stört es dich, wenn wir hier etwas besprechen?«, fragte Kim freundlich.

Leslie schüttelte den Kopf. »Nein, gar nicht. Ich brauche sowieso mal eine Pause.« Sie stand auf und streckte sich. »Wenn ich Glück habe, kriege ich im Speisesaal noch ein Sandwich.«

Nachdem Leslie das Zimmer verlassen hatte, kam Kim auf das Gespräch mit Björn zurück. »Ob Bianka tatsächlich ein Doppelleben führt?«, überlegte sie laut. »Nach außen die intelligente, ehrgeizige Schülerin, die sich in Wirklichkeit ihr Stipendium erschwindelt hat und sich nachts sinnlos betrinkt?«

Marie zuckte mit den Schultern. »Warum nicht? So was gibt's öfter, als man denkt.«

»Vielleicht ist der Druck einfach zu groß«, sagte Franzi. »Immer und überall die Beste sein zu müssen, das hält doch auf Dauer kein Mensch aus.«

Kim schüttelte langsam den Kopf. »Irgendwie passt das alles nicht zusammen. Vielleicht hat Björn ja auch gelogen. Wer sagt denn, dass Bianka tatsächlich bei der Aufnahmeprüfung geschummelt hat? Und für ihre morgendliche Alkoholfahne haben wir auch nur seine Aussage.«

»Björn hat bestimmt nicht gelogen«, behauptete Marie.

»Und woher willst du das so genau wissen?«, fragte Kim.

Marie lächelte versonnen. »Er hat so ehrliche Augen …«

Franzi stöhnte. »Das ist jetzt nicht dein Ernst, oder?«

Marie machte ein beleidigtes Gesicht. »Und ob! Schon mal was von Menschenkenntnis gehört?«

»Du hast dich in Björn verknallt«, sagte Franzi vorwurfsvoll. »Deshalb bist du nicht mehr objektiv.«
»Und ihr könnt ihn nicht leiden«, gab Marie zurück. »Darum glaubt ihr ihm nicht. Dabei hat er uns brandheiße Informationen geliefert. Wir hätten sonst nie von dem erschwindelten Stipendium erfahren.«
»Vielleicht will er uns aber auch auf eine falsche Fährte locken«, sagte Kim. »Woher weiß Björn überhaupt, dass Bianka bei der Aufnahmeprüfung geschummelt hat? Sie wird es ihm kaum selbst erzählt haben. Mit so etwas geht man schließlich nicht hausieren. Und vor allem erzählt man das nicht dem Sohn des Schuldirektors!«
Die Zimmertür fiel ins Schloss. Erst jetzt bemerkten die drei !!!, dass Leslie zurückgekommen war. Sie war kalkweiß im Gesicht.
»Leslie, was ist los?«, fragte Kim überrascht.
»Ich … ich …« Leslie verstummte. Plötzlich fing sie an zu weinen. Tränen liefen ihr über das Gesicht und sie schluchzte herzzerreißend.
Kim sprang auf, führte sie zum Bett und räumte ein paar Bücher weg. »Setz dich erst mal. Machst du dir solche Sorgen um Bianka? Wir werden sie finden, ganz bestimmt!«
Leslie schüttelte den Kopf. »Das … das ist es nicht.« Sie schniefte und wischte sich mit dem Handrücken über die tränennassen Wangen.
»Was bedrückt dich dann?« Kim setzte sich neben Leslie auf die Bettkante und reichte ihr ein Taschentuch.
Leslie putzte sich die Nase und holte tief Luft. »*Ich* habe Björn erzählt, dass Bianka bei der Aufnahmeprüfung geschummelt hat.«
»Was?« Kim war völlig überrascht. Damit hatte sie nicht gerechnet. »Dann stimmt es also tatsächlich?«

Leslie nickte. Sie hielt den Kopf gesenkt und spielte nervös mit dem Taschentuch herum. »Bianka wollte das Stipendium unbedingt bekommen. Aber sie hat totale Prüfungsangst. Darum hat sie sich einen Spickzettel geschrieben und in ihrem Federmäppchen versteckt. Als Beruhigung, falls sie während der Prüfung vor lauter Panik ein Blackout bekommt. Wenn das herauskommen würde, wäre sie ihr Stipendium natürlich los. Und ihre Eltern könnten sich die hohen Schulgebühren niemals leisten. Ich glaube, sie haben nicht besonders viel Geld. Biankas Mutter ist Verkäuferin in einem Klamottengeschäft. Und ihr Vater arbeitet irgendwo in einem Büro.«

»Und warum hat Bianka dir davon erzählt?«, fragte Kim.

Leslie schniefte noch einmal. »Ich glaube, sie wollte mich aufmuntern. Vor einer Weile war ich total frustriert, weil ich mal wieder eine fünf in Mathe geschrieben hatte. Dabei hatte ich mich richtig gut vorbereitet!« Sie seufzte. »Ich bin leider nicht so eine Leuchte wie Bianka. Mir fällt das Lernen ziemlich schwer. Wenn das so weitergeht, muss ich die Klasse wiederholen. Darum hilft mir Bianka immer bei den Hausaufgaben. Und sie macht mir Mut. Sie meinte, ihr würde auch nicht alles zufliegen. Außerdem hat sie ständig Angst vor ihren Blackouts. Darum schreibt sie sich manchmal Spickzettel. Als ich ihr das nicht glauben wollte, hat sie mir von der Aufnahmeprüfung erzählt. Ich war total baff. Ich musste schwören, niemandem etwas zu verraten. Es ist ihr großes Geheimnis.«

»Und warum hast du ausgerechnet Björn, dem Sohn des Direktors, davon erzählt?«, fragte Franzi vorwurfsvoll. »Wenn er Bianka bei seinem Vater verrät, fliegt sie von der Schule, ist dir das eigentlich klar?«

Leslie zuckte zusammen. Sie sah Franzi mit großen Augen an. »Das würde Björn niemals tun! Er hat mir versprochen, Biankas Geheimnis für sich zu behalten. Und Björn hält, was er verspricht.« Leslies Blick war so voller Vertrauen, dass es Kim ins Herz schnitt. Sie hatte sich auf Björn verlassen und er hatte sie verraten.

»Du magst Björn ziemlich gern, was?«, fragte Kim vorsichtig.

Leslie nickte eifrig. »Er ist der netteste Junge, den ich kenne.« Eine leichte Röte überzog ihre Wangen. Es war nicht zu übersehen, dass sie in Björn verschossen war.

Franzi runzelte die Stirn. »Findest du nicht, dass er etwas zu alt für dich ist?«

Jetzt wurde Leslie knallrot. Sie ließ den Kopf hängen »Na ja, das stimmt schon … Eigentlich interessiert er sich auch nicht für Mädchen aus der Unterstufe. Aber vor einer Weile hat er mich nach dem Rudertraining angesprochen. Er meinte, ich könnte richtig gut werden, wenn ich weiter so eifrig trainiere.« Sie sah auf und lächelte stolz.

»Du ruderst?«, fragte Kim verblüfft.

Leslie nickte eifrig. »Rudern ist super! Wir trainieren einmal die Woche. Björn ist Schlagmann des Oberstufen-Achters und er trainiert zusammen mit einigen anderen älteren Schülern die Anfänger. Es macht total viel Spaß!«

Kim musste sich ein Grinsen verkneifen. Kein Wunder, dass Leslie so fürs Rudern schwärmte.

»Manchmal quatschen Björn und ich nach dem Training noch ein bisschen«, erzählte Leslie weiter. »Wenn die anderen schon weg sind. Das ist toll! Vor Kurzem hat er mir sogar angeboten, dass ich auch mal mit ihm und seinen Freunden rumhängen kann, wenn ich will. Darüber habe ich mich so gefreut! Na ja … und vor einer Weile habe ich mich eben verplappert. Wir haben über Klausuren geredet und Björn hat mir ein paar Tricks verraten, wie man am besten schummeln kann. Ich wollte auch etwas sagen, etwas Cooles, das ihn beeindruckt. Da ist mir Biankas Geheimnis einfach so herausgerutscht.«

»Kommt mir bekannt vor …« Franzi sah zu Marie und grinste, woraufhin Marie ihr einen leichten Fußtritt verpasste.
»Zumindest wissen wir jetzt, woher Björn seine Informationen hat«, sagte Kim.
»Und dass er nicht gelogen hat«, stellte Marie triumphierend fest. »Meine Menschenkenntnis hat mich also doch nicht im Stich gelassen.«
»Reiner Zufall«, behauptete Franzi, was ihr einen weiteren, diesmal etwas heftigeren Fußtritt von Marie einbrachte.
Kim ignorierte ihre Freundinnen. »Vielen Dank, dass du so ehrlich zu uns warst, Leslie. Das hat uns sehr geholfen.«
»Glaubt ihr, Bianka ist meinetwegen abgehauen?« Leslie sah Kim ängstlich an. »Weil ich ihr Geheimnis verraten habe?«
»Nein, das glaube ich nicht«, sagte Kim.
Ein schriller Piepton erklang und lenkte sie ab. Eine SMS! Etwa von Michi? Vielleicht hatte er noch einmal über alles nachgedacht und wollte sich entschuldigen. Oder ihr etwas verspätet viel Glück für die Ermittlungen wünschen …
Kim zog ihr Handy aus der Jackentasche, warf einen Blick auf das Display und sog überrascht die Luft ein. »Eine Nachricht von Bianka!«
Sofort waren Marie und Franzi bei ihr und Leslie. Kim öffnete die Nachricht und las laut vor:

Sorry, musste spontan weg, brauchte Pause vom Schulstress. Seid nicht sauer, melde mich, wenn ich wieder zurück bin. Lg, B.

Verblüfft ließ Kim das Handy sinken. »Was sagt ihr dazu?«

Horrornacht

»Ein Glück, Bianka ist nichts passiert!« Leslie strahlte über das ganze Gesicht. »Wie gut, dass wir niemandem etwas gesagt haben. Sonst würde sie jetzt riesigen Ärger bekommen.«
»Ich rufe sie an«, beschloss Kim. Doch nachdem sie Biankas Nummer gewählt hatte, ertönte nur die immer gleiche Ansage: *Der von Ihnen gewünschte Teilnehmer ist zurzeit nicht erreichbar. Bitte versuchen Sie es später noch einmal.*
»Merkwürdig …« Franzi runzelte die Stirn. »Gerade hat Bianka Kim noch eine SMS geschrieben und jetzt ist ihr Handy schon wieder ausgeschaltet.«
»Vielleicht will sie ihren Akku schonen«, sagte Marie. »Das hätte ich auch tun sollen, meiner ist nämlich leer und das Aufladekabel liegt zu Hause auf meinem Schreibtisch. Aber wie's aussieht, sind wir ja bald wieder in der Zivilisation.«
»Heißt das, der Fall ist abgeschlossen?«, fragte Franzi enttäuscht.
Marie zuckte mit den Schultern. »Ich schätze schon. Bianka hat uns an der Nase herumgeführt. Ihr geht's gut, sie wird spätestens morgen Abend wieder hier sein. Und wir haben uns völlig umsonst Sorgen gemacht. Vielen Dank auch!«
»Ich weiß nicht …« Kim machte ein nachdenkliches Gesicht. »Ich hatte gerade das Gefühl, dass wir der Lösung ganz nahe sind … und dann kommt plötzlich diese SMS. Das ist doch merkwürdig, oder?«
Marie zuckte mit den Schultern. »Zufall. Oder Schicksal. Wir sollten nach Hause fahren und uns einen gemütlichen Abend bei mir zu Hause machen. Mit frischem Popcorn und einer guten DVD. Was haltet ihr davon?«
»Ihr wollt heute noch zurückfahren?«, fragte Leslie. »Wie schade.«

Kim warf einen Blick auf ihre Armbanduhr. Ob sie es noch rechtzeitig zum Chinesen schaffen könnte? Und Michi mit einem unerwarteten Besuch überraschen? Ihm würden bestimmt die Augen aus dem Kopf fallen, wenn sie plötzlich auftauchte. Und ihr Streit wäre vergessen. Zumindest bis zum nächsten Mal …

»Fährt denn überhaupt noch ein Bus?«, fragte Franzi.

»Das können wir schnell herausfinden.« Leslie klappte ihren Laptop auf und ging ins Internet. »Der letzte Bus in die Stadt fährt in zehn Minuten. Wenn ihr euch beeilt, kriegt ihr ihn noch. Aber warum wollt ihr denn nicht bis morgen bleiben? Heute Abend ist Internatskino, da werden richtig gute Filme gezeigt. Auf Großbildleinwand.« Leslie wollte ihren Laptop schon wieder zuklappen, doch Kim hielt sie zurück.

»Was ist denn das?« Sie zeigte auf einen Ordner, der auf Leslies Desktop lag. Sein Name lautete *Bianka*.

»Das sind Biankas Dateien«, erklärte Leslie. »Irgendwelcher Schulkram. Sie arbeitet manchmal mit meinem Laptop, weil ihrer so langsam ist. Außerdem stürzt die alte Gurke andauernd ab. Sie bräuchte dringend einen neuen, aber ihre Eltern vertrösten sie ständig.«

»Darf ich mal?« Kim öffnete den Ordner. Er enthielt jede Menge Dateien. Bei den meisten schien es sich tatsächlich um Hausaufgaben oder Referate zu handeln. Dann entdeckte Kim etwas, das ihr Herz augenblicklich höher schlagen ließ. *Horrornacht.*

Eine Datei, die harmlos und normal aussah, doch ihr Name war wie ein Fausthieb in Kims Magen. Das war keine Hausarbeit. Auch kein Referat. Hinter diesem Namen musste sich etwas völlig anderes verbergen. Und Kims Gefühl sagte ihr, dass es nichts Gutes war. Ganz und gar nichts Gutes.

»Kommt mal her!« In Kims Stimme schwang etwas mit, das

Marie und Franzi aufhorchen ließ. Sie traten sofort an den Schreibtisch und blickten Kim über die Schulter, als sie mit zitternden Fingern auf die Datei klickte.
»Was ist das?«, fragte Leslie neugierig.
»Ein Film«, stellte Franzi fest.
Dann sprach niemand mehr. Alle vier starrten ungläubig auf den Bildschirm. Der Film war kurz.
Alles ist dunkel. Schemenhafte Formen tauchen auf: ein umgekippter Stuhl, leere Flaschen auf einem schmutzigen Holzfußboden, eine aufgerissene Chipstüte. Es ist Stimmengewirr zu hören, das von lauter Musik fast übertönt wird. Jemand lacht schrill. Das Bild wackelt, wie von einer Handkamera gefilmt. Oder von einem Handy.
Schwenk nach rechts, mehrere unscharfe Gestalten hocken auf einer Matratze am Boden, halten Flaschen in der Hand, stoßen an, trinken.
Schwenk nach links: Ein Mädchen kommt ins Bild. Sie sitzt auch auf einer Matratze, mit dem Rücken an die Wand gelehnt. Großaufnahme ihres Gesichts. Ihre blonden Haare hängen strähnig herab, ihre Augen sind dunkel und starren ins Leere. Sie sind weit geöffnet, scheinen aber nichts zu sehen. Das Mädchen hebt einen weißen Plastikbecher an die Lippen, trinkt, hustet. Sie verzieht das Gesicht, sagt etwas, das wegen der lauten Musik nicht zu verstehen ist. Ihre Lippen formen ein lautloses »Igitt«. Sie will den Becher wegstellen, eine Hand nimmt ihn ihr ab, füllt ihn wieder auf, gibt ihn ihr zurück. Sie schüttelt den Kopf, murmelt etwas. Die Hand taucht wieder auf, macht eine ungeduldige Bewegung. Komm schon, trink! *Das Mädchen schließt die Augen, trinkt den Becher in einem Zug aus. Sie wird kalkweiß, würgt. Die Hand taucht wieder auf, klopft ihr auf den Rücken. Etwas glitzert am kleinen Finger der Hand. Ein Ring?*
Das Mädchen sackt zur Seite, alles wird schwarz.

Im Zimmer war es still. Niemand bewegte sich. Niemand sagte etwas. Als hätte der Film sie in einen Dornröschenschlaf versetzt.
Leslie brach das Schweigen als Erste. »Das … das war Juliana!« Sie flüsterte fast.
Kim drehte sich um. »Du kennst das Mädchen in dem Film?«
Leslie nickte. »Juliana Meinau, eine ehemalige Internatsschülerin.«
»Ehemalig?«, wiederholte Franzi. »Jetzt ist sie also nicht mehr hier?«
»Sie hatte vor zwei Wochen einen Unfall«, erklärte Leslie mit leiser Stimme. »Danach ist sie nicht zurückgekommen.«
»Wie kam es zu dem Unfall?«, fragte Kim.
Leslie zuckte mit den Schultern. »Das weiß niemand so richtig. Juliana ist spätabends auf der Landstraße, die am Internat vorbeiführt, von einem Auto angefahren worden. Jetzt geht es ihr wohl wieder gut, aber sie musste die Schule wechseln. Es gab Gerüchte, es sei Alkohol im Spiel gewesen.«
»An den Gerüchten scheint etwas dran zu sein«, stellte Franzi fest. Sie nickte zum Laptop hinüber. »Das war bestimmt kein Wasser, was sie da in sich hineingeschüttet hat.«
»Irgendjemand hat Juliana systematisch abgefüllt«, sagte Kim. »Sie wollte nichts mehr trinken, aber es wurde ihr immer wieder nachgeschenkt. Bis sie nicht mehr konnte und umgekippt ist.« Sie schüttelte den Kopf. »Wer tut so etwas?«
»Björn.« Maries Stimme schnitt in die Stille wie ein scharfes Messer, klar und kalt. »Es war Björn.«
Kim, Franzi und Leslie starrten sie an. Maries Gesicht war wie versteinert.
»Bist du unter die Hellseherinnen gegangen?«, fragte Franzi. »Es war nur eine Hand zu sehen. Woher willst du wissen, dass sie zu Björn gehört?«

»Der Ring«, sagte Marie. »Ich hab ihn wiedererkannt.«
»Stimmt, am kleinen Finger der Hand war ein goldener Ring«, bestätigte Kim. »Der ist mir auch aufgefallen.«
»Björn trägt genauso einen.« Marie wandte sich ab. »Und ich hätte mich fast …«
Sie verstummte, aber Kim wusste auch so, was sie hatte sagen wollen.
Und ich hätte mich fast in ihn verliebt.
Leider hatte Marie ein Talent dafür, sich in die falschen Jungs zu verlieben. Entweder waren sie viel zu alt für sie, so wie Stefan und Adrian, Maries süßer Nachbar, wohnten zu weit weg wie Holger oder meinten es nicht ehrlich mit ihr wie Matt aus dem *Rock Camp*, der Marie vorgegaukelt hatte, sie sei die Einzige für ihn, obwohl er sich in Wirklichkeit jeden Abend mit einem anderen Mädchen aus dem Camp traf. Andererseits war Marie selbst kein Unschuldslamm. Wenn sie in Flirtlaune war, brach sie die Herzen der Jungs gleich reihenweise.
Kim stand auf und legte Marie tröstend den Arm um die Schultern. »Mach dir nichts draus. Für einen wie Björn bist du sowieso viel zu schade.« Und mit einem aufmunternden Blick auf die niedergeschlagene Leslie fügte sie hinzu: »Und du natürlich auch!«
Marie und Leslie lächelten schwach.
»Der Typ hat uns eiskalt angelogen!«, regte sich Franzi auf. »Von wegen ›Mit Alkohol hab ich nichts am Hut‹ – dass ich nicht lache!«
Kim rechnete es Franzi hoch an, dass sie diesmal auf einen spöttischen Kommentar in Richtung Marie verzichtete. Wenn es darauf ankam, konnte sie überraschend sensibel reagieren.
»Es gibt offenbar wirklich geheime Saufpartys auf dem Internatsgelände.« Auf Kims Stirn erschien eine steile Falte, während sie nachdachte. »Irgendwo treffen sich Schüler zum Trin-

ken und Feiern. Und Björn war dabei. Genauso wie Juliana. Wahrscheinlich war sie betrunken, als sie vor das Auto gelaufen ist.«
»Das hätte böse ausgehen können«, sagte Franzi. »Sie hat Glück, dass sie noch lebt.«
»Wir könnten Juliana anrufen«, schlug Marie vor. »Vielleicht verrät sie uns ja mehr über die geheimen Partys.«
»Gute Idee!« Kim wandte sich an Leslie. »Hast du zufällig Julianas Nummer?«
Leslie schüttelte den Kopf. »Sie schottet sich total ab, seit sie das Internat verlassen hat. Ich hab nach dem Unfall versucht, sie auf dem Handy zu erreichen. Aber es kam nur eine automatische Ansage. Sie hat sich offenbar eine neue Nummer geben lassen.«
»Ich könnte versuchen, die Telefonnummer ihrer Eltern im Internet zu recherchieren«, überlegte Kim.
»Das wird nicht funktionieren«, sagte Leslie bedauernd. »Sie haben eine Geheimnummer, die in keinem Verzeichnis steht.«
»Mist!«, schimpfte Franzi. »Die Spur führt in eine Sackgasse!«
»Ich kann Juliana irgendwie verstehen«, sagte Kim. »Die Ereignisse müssen ihr so zugesetzt haben, dass sie nichts mehr mit dem Internat und ihren ehemaligen Mitschülern zu tun haben will. Wahrscheinlich möchte sie einfach nur vergessen, was passiert ist.«
»Und was habt ihr jetzt vor?«, fragte Leslie.
»Wir bleiben hier. Und wir konfrontieren Björn mit dem Video.« Kim stand auf. »Er muss uns endlich die Wahrheit sagen. Vielleicht führt uns das ja zu Bianka.«
»Ich bin dabei!« Franzi ballte die Fäuste. »Diesem Lügner werden wir es zeigen!«
Marie war noch etwas blass um die Nase, doch sie nickte ebenfalls. »Lasst uns gehen.«

Irrwege in der Dunkelheit

Björn bewohnte mit seinem Vater eine eigene Wohnung im zweiten Stock. Auf dem Weg dorthin liefen die drei !!! durch lange Korridore mit knarrenden Holzdielen und Ölgemälden an den Wänden. Draußen dämmerte es und die Deckenbeleuchtung sprang leise surrend an.
»Wo könnten die geheimen Partys stattfinden?«, überlegte Kim. »Auf dem Video war leider nicht viel von dem Raum zu sehen.«
»Matratzen auf schmutzigem Holzfußboden – das könnte so ziemlich überall sein«, stellte Franzi fest.
»Bestimmt nicht hier im Internat, dazu war die Musik viel zu laut«, sagte Marie. »Das würden die Lehrer doch sofort mitbekommen.«
»Vielleicht im Keller. Oder auf dem Dachboden. Oder irgendwo anders auf dem Internatsgelände.« Kim seufzte. »Und das Gelände ist riesengroß. Es könnte ein Geräteschuppen sein, eine Scheune oder irgendein Raum in einem der Nebengebäude, was weiß ich!«
»Wir suchen also die Nadel im Heuhaufen«, fasste Franzi die Situation zusammen.
Kim nickte. »Genau.«
»Glaubt ihr, Bianka versteckt sich dort?«, fragte Marie. »Wo auch immer die Partys stattfinden, meine ich.«
Kim zuckte mit den Schultern. »Möglich. Es wäre auf jeden Fall gut, wenn wir sie bald finden würden. Bevor sie irgendwelche Dummheiten macht.« Kim konnte sich das flaue Gefühl in ihrem Magen selbst nicht so richtig erklären. Bianka ging es gut, das hatten sie sogar schriftlich. Oder hatte Bianka die SMS vielleicht gar nicht selbst geschrieben? Kim wusste

nur, dass sie das dringende Bedürfnis hatte, Bianka leibhaftig gegenüberzustehen. Und sie die Worte selbst sagen zu hören.
Mir geht es gut.
Erst dann würde sie beruhigt nach Hause fahren können.
Inzwischen hatten sie die Direktorenwohnung fast erreicht. Leslie hatte ihnen den Weg genau beschrieben, weil man sich in den weitläufigen Fluren des alten Schlosses schnell verlaufen konnte, wenn man sich nicht auskannte.
Plötzlich zischte Franzi »Stopp!« und zog Kim und Marie geistesgegenwärtig hinter einen wuchtigen Schrank mit kunstvollen Schnitzereien, der vermutlich mindestens so alt war wie das Schloss selbst.
Keine Sekunde zu früh. Kim hielt den Atem an, als sie sah, wie Björn aus der Wohnung kam. Er schloss die Tür hinter sich, versenkte die Hände in den Taschen seiner Jeans und ging leise pfeifend den Flur entlang, direkt auf die drei !!! zu. Kim presste sich so flach wie möglich an die Wand, doch Björn bog nach rechts ab, kurz bevor er den Schrank erreicht hatte.
Kim atmete auf. »Hinterher!«, flüsterte sie. »Ich bin gespannt, wo er hin will.«
»Vermutlich in den Speisesaal«, sagte Franzi leise. »Es ist Zeit fürs Abendessen.«
Die drei !!! folgten Björn über eine breite, mit dunkelrotem Teppich belegte Treppe ins Erdgeschoss. Aber er bog nicht in den Korridor ab, der zum Speisesaal führte und aus dem Stimmengewirr und Lachen drangen. Björn ging weiter geradeaus. Er grüßte ein paar Schüler, die ihm entgegenkamen und vermutlich auf dem Weg zum Abendessen waren. Die drei !!! achteten darauf, ausreichend Abstand zu halten und waren jederzeit darauf gefasst, hinter die nächste Ecke springen zu müssen, aber Björn drehte sich nicht um.

Sie gelangten jetzt in einen Bereich des Schlosses, der abgelegener und ruhiger war als der Rest. Hier begegneten sie keinen Schülern mehr und es wurde schwieriger, Björn ungesehen zu verfolgen. Kim versuchte, die Füße so aufzusetzen, dass die Sohlen ihrer Turnschuhe möglichst wenig quietschten. Die Absätze von Maries Stiefeln klapperten laut in den stillen Korridoren. Kim warf ihr einen vorwurfsvollen Blick zu und Marie lief auf Zehenspitzen weiter.
Sie kamen am Krankenzimmer, mehreren Vorratsräumen, großen Wäscheschränken und einer kleinen Teeküche vorbei. Überall herrschte gähnende Leere. Offenbar hatte die Mehrheit des technischen Personals am Wochenende frei. Und Björn schien das genau zu wissen, denn er bewegte sich mit größter Selbstverständlichkeit und ohne auch nur einmal zu zögern durch die Gänge. Wahrscheinlich bekam er als Sohn des Direktors eine Menge mit, was die Organisation des Internats und die Dienstpläne des Personals betraf.
Schließlich gelangten sie an eine unscheinbare Hintertür, durch die Björn das Internat verließ. Kaum war die Tür hinter ihm zugefallen, rannten die drei !!! los.
»Er will offenbar nicht dabei gesehen werden, wie er das Schloss verlässt«, keuchte Kim, die bereits nach wenigen Schritten außer Atem war und mal wieder ihre mangelhafte Fitness verfluchte. »Ich sag's euch, der hat irgendetwas vor.«
»Vielleicht hat er ein Date mit Bianka«, vermutete Marie.
»Meinst du, zwischen den beiden läuft was?«, fragte Franzi überrascht.
Marie schob die Unterlippe vor. »Und wenn schon!«
Draußen war die Nacht hereingebrochen. Es war kühl, höchstens zehn Grad, und Kim war froh, dass sie ihre kuschelige Fleecejacke trug. Eine Lampe über der Tür, durch die Björn und die drei !!! ins Freie getreten waren, verbreitete trübes

Licht. Sie waren offenbar auf der Rückseite des Schlosses gelandet. Hier sah es längst nicht so vornehm aus wie vorne. In einem schmuddeligen Hof standen mehrere Müllcontainer neben einem verrosteten Fahrradständer. Leere Pappkartons stapelten sich auf dem Boden und es roch nach ranziger Butter und vergammeltem Gemüse.

»Wo ist er?« Kim sah sich um, aber außerhalb des Lichtkegels der Hofbeleuchtung war kaum etwas zu erkennen. Hinter den Müllcontainern ragten hohe Bäume auf. Sie hoben sich schwarz gegen den dunklen Nachthimmel ab. »Da!«

Etwas Helles blitzte zwischen den Bäumen auf. Björns beigefarbene Kapuzenjacke! Kim schlängelte sich zwischen den Müllcontainern hindurch und sauste wie der Blitz hinterher. Franzi und Marie folgten ihr. Während sich auf der Vorderseite des Schlosses der weitläufige Park erstreckte, begann auf der Rückseite sofort der Wald. Der Wind rauschte in den Baumwipfeln und übertönte das Geräusch ihrer Schritte. Kim war froh darüber, denn so mussten sie nicht auf jeden Zweig am Boden achten. Das wäre sowieso schwierig geworden, da es stockdunkel war. Kim konnte nicht die Hand vor Augen sehen. Sie stolperte vorwärts, als sich ihr Turnschuh plötzlich verhakte. Fast wäre sie über eine Baumwurzel gefallen. Kim fluchte leise.

»Was ist los?«, flüsterte Franzi, die dicht hinter Kim war.

»Nichts«, zischte Kim zurück. »Es ist nur so verdammt dunkel hier!«

In diesem Moment brach der Mond durch die Wolken, als hätte er Kims Worte gehört. Kim atmete auf. Sein silbernes Licht wirkte im nächtlichen Schwarz des Waldes so hell wie ein Scheinwerfer. Endlich konnten sie sehen, wo sie sich befanden: auf einem schmalen Sandweg, der links und rechts von dicht stehenden Fichten gesäumt wurde. Ihre Zweige

schwankten im Wind und sahen aus wie winkende Arme. Weiter vorne bog die geisterhafte Gestalt von Björn in einen abzweigenden Weg ein.
»Schnell!« Kim rannte wieder los.
Sie folgten Björn immer tiefer in den Wald hinein. Völlige Finsternis und silbernes Mondlicht wechselten sich im Rhythmus der über den Himmel wandernden Wolken ab.
»Wo zum Teufel will der Typ hin?«, zischte Franzi, die wie immer in Topform war und locker neben Kim hertrabte, ohne auch nur im Geringsten außer Atem zu geraten.
»Mist, meine Stiefel!«, schimpfte Marie hinter ihnen. »Die waren brandneu!« Sie war gerade in eine Schlammpfütze getreten, die vom Regen der letzten Tage übrig geblieben war.
»Pst!«, machten Franzi und Kim gleichzeitig.
Sie hatten das Ende des Weges erreicht und blieben stehen.
»Und jetzt?«, fragte Marie. Sie schlang die Arme um ihren Oberkörper. Sie hatte zwar ein kurzes Bolerojäckchen aus Kunstpelz übergeworfen, bevor sie losgegangen waren, trotzdem bibberte sie in ihrem dünnen Minikleid wie verrückt.
»Ich wette, er ist da lang gegangen.« Franzi zeigte nach links auf einen schmalen Trampelpfad, der ins Unterholz führte.
Kim zögerte. »Meinst du?« Der Mond verschwand wieder hinter einer Wolke und Dunkelheit senkte sich über den Wald. Erst jetzt bemerkte Kim, wie kalt es war. Außerdem war die Nacht voller unheimlicher Geräusche. Der Wind sang sein Lied in den Baumkronen. Die Äste knackten. Ein Vogel schrie. Direkt neben Kim raschelte etwas. Ein Tier? Oder Björn, der ihnen auflauerte? Was, wenn er sie längst bemerkt hatte und in eine Falle locken wollten? Hier, in einem Wald, in dem sie sich nicht auskannten, waren sie leichte Beute. Und auf Hilfe konnten sie mitten in der Nacht auch nicht hoffen.
Kim merkte, wie sie der Mut verließ. Das Adrenalin, das bis-

her durch ihre Adern gepumpt worden war und sie angetrieben hatte, verflüchtigte sich, und die Angst setzte sich als kalter Knoten in ihrem Magen fest. Kim schluckte. »Sollen wir nicht lieber zurückgehen?«

»Auf keinen Fall!« Franzi schüttelte energisch den Kopf und zeigte nach links. »Björn ist da lang, ganz sicher. Und wir müssen ihm auf den Fersen bleiben, sonst kriegen wir nie heraus, was er im Schilde führt.«

Marie nickte. »Finde ich auch. Außerdem soll es sich wenigstens lohnen, wenn ich mir schon die Stiefel ruiniere. Auf geht's!«

Ohne eine Antwort abzuwarten, marschierte Marie los. Direkt ins undurchdringliche Unterholz hinein. Franzi folgte ihr. Kim seufzte. Sie rang kurz mit sich, aber die Aussicht, den ganzen Weg allein wieder zurückzugehen, war noch schrecklicher, als zu dritt weiterzulaufen.

»Wartet auf mich!«, zischte sie und rannte hinter ihren Freundinnen her.

Der Pfad wurde immer schmaler. Sie mussten über Baumstämme klettern und mit widerspenstigen Zweigen kämpfen, die sich ihnen absichtlich in den Weg zu schieben schienen. Kim kam es vor, als sei ihnen der Wald feindlich gesinnt. Als würde er versuchen, sie zu verscheuchen, die Eindringlinge, die seine nächtliche Ruhe störten. Aber das war natürlich Unsinn.

Dreh nicht durch, ermahnte Kim sich selbst, das bringt dich auch nicht weiter.

Aber das war leichter gesagt als getan. Kim spürte, wie ihr das Herz bis zum Hals klopfte. Die Angst schnürte ihr die Kehle zu. Was hätte sie dafür gegeben, jetzt gemütlich auf Biankas Bett im Internatszimmer zu sitzen. Oder zu Hause auf ihrem Sofa zu liegen. Selbst die Vorstellung, mit Michi und seinen

Azubi-Kollegen beim Chinesen über chemische Reaktionen zu fachsimpeln, erschien ihr nun geradezu verlockend.

Plötzlich blieb Franzi vor ihr so abrupt stehen, dass Kim beinahe in sie hineingelaufen wäre. »Was ist denn?«, flüsterte Kim.

Dann sah sie es selbst. Der Trampelpfad mündete in eine Lichtung. Die Bäume wichen zurück und machten Platz für eine fast kreisförmige Wiese. Das halbhohe Gras schwankte im Wind. Es sah im Mondlicht beinahe silbern aus. In der Mitte der Lichtung stand eine Hütte. Als Kim sich gerade fragte, warum jemand hier, mitten im Wald, eine Hütte gebaut hatte, ging drinnen das Licht an.

Franzi grinste triumphierend. »Wir haben ihn!«, zischte sie. »Björn ist da drin!«

Das Fenster hob sich als helles Rechteck gegen die Dunkelheit ab. Licht sickerte durch die schmutzigen Scheiben, vor denen dünne Vorhänge hingen, und beleuchtete das niedergetrampelte Gras vor der Hütte.

»Hier finden bestimmt die Partys statt!«, sagte Marie leise. »Gutes Versteck. Man kann so viel Lärm machen, wie man will, es hört trotzdem kein Mensch.«

Kim lief ein Schauer über den Rücken. Was, wenn sie geradewegs in eine Falle liefen? Sie unterdrückte den Impuls, einfach die Flucht zu ergreifen, und versuchte, ihre Angst unter Kontrolle zu bekommen.

»Wir müssen näher heran«, flüsterte sie. »Vielleicht ist Bianka auch drin.«

Vorsichtig schlichen die drei !!! zur Hütte. Die Vorhänge vor dem Fenster waren nicht ganz zugezogen, sodass sie durch einen schmalen Spalt hineinschauen konnten. Es war eindeutig der Ort, an dem der Handy-Film aufgenommen worden war. Kim erkannte den schmutzigen Holzfußboden und die schmuddeligen Matratzen wieder. Der umgekippte Stuhl lag nicht mehr auf der Erde, sondern stand neben der Tür. Außerdem gab es einen kleinen Tisch mit zwei weiteren Stühlen und ein Waschbecken. Überall standen heruntergebrannte Kerzen und leere Flaschen herum. An der Wand hingen verstaubte Geweihe. Wahrscheinlich handelte es sich um eine alte Jagdhütte, die früher zum Schloss gehört hatte und im Lauf der Zeit in Vergessenheit geraten war.

Kim war so in die Betrachtung der Hütte vertieft, dass sie zusammenzuckte, als Björn plötzlich in ihrem Blickfeld auftauchte. Er sammelte die leeren Flaschen ein und steckte sie in große Plastiktüten, die er neben der Tür deponierte. Offenbar beseitigte er die Spuren der letzten Party. Von Bianka war weit und breit nichts zu sehen. Es gab auch keinerlei Anzeichen, dass sie sich in der Hütte aufgehalten hatte. Keine Klamotten, keine Decke, kein Schlafsack, nichts.

»Lasst uns abhauen«, flüsterte Marie. »Bianka ist nicht hier.«

Kim nickte. Es war ihr nur recht, diesen unheimlichen Wald so schnell wie möglich zu verlassen. Doch als sie gerade den Rückzug antreten wollten, ertönte ein durchdringender Piepton. In der nächtlichen Stille klang er so laut wie eine Alarmanlage.

Franzi fluchte und zog ihr Handy hervor. »Eine SMS von Felipe! Ausgerechnet jetzt!«

»Wieso hast du dein Handy nicht ausgeschaltet?«, zischte Marie. »Ich dachte, du machst nie Fehler!«

»Sorry, wird nicht wieder vorkommen«, entschuldigte sich Franzi zerknirscht.

»Nichts wie weg hier, Leute!«, drängte Kim. Aber es war zu spät.

Ehe sie die Flucht ergreifen konnten, wurde die Tür zur Hütte aufgerissen und Björn stürzte heraus. Als er die drei !!! er-

blickte, wurden seine Lippen schmal. »Was habt ihr hier zu suchen?«
Kim überlegte, ob sie etwas von einer spontanen Nachtwanderung erzählen sollte, verwarf die Idee aber wieder. Das würde Björn ihnen sowieso nicht abnehmen. Besser, sie gingen gleich zum Angriff über.
»Hier finden also die geheimen Partys statt, mit denen du angeblich nichts zu tun hast.« Kim hoffte, dass Björn das Zittern in ihrer Stimme nicht bemerkte. Sie versuchte, ihre Chancen abzuschätzen. Björn war größer und stärker. Aber sie waren zu dritt. Würden sie es schaffen, ihn gemeinsam zu überwältigen, falls er auf sie losging?
»Darf ich mal?« Marie blieb ganz cool. Sie schob Björn einfach zur Seite und betrat die Hütte, Kim und Franzi folgten ihr. Marie untersuchte die Flaschen in einer der Tüten. »Was haben wir denn hier? Bier, Alkopops, Sekt … und sogar französischer Rotwein. Nicht schlecht! Wie oft trefft ihr euch hier? Und wer besorgt den Alkohol und bringt ihn aufs Internatsgelände?«
»Das geht dich gar nichts an.« Björn war den drei !!! in die Hütte gefolgt und verschränkte die Arme vor der Brust. »Verschwindet!«
»Erst, wenn du uns erzählt hast, wie Julianas Unfall passiert ist.« Maries Stimme klang ganz sanft. »Du hast sie abgefüllt, bis sie völlig fertig war. Und dann? Hat sie den Rückweg ins Internat nicht mehr gefunden und ist auf der Landstraße gelandet? Oder warst du vielleicht dabei? Hast du sie vor das Auto gestoßen?«
Etwas zuckte in Björns Gesicht, aber er hatte sich schnell wieder unter Kontrolle. »Ich weiß nicht, wovon du sprichst. Ich kenne keine Juliana.«
»Und ob du sie kennst!« Marie fletschte beinahe die Zähne.

Ihre ganze Wut auf Björn und das falsche Spiel, das er mit ihnen gespielt hatte, brach jetzt aus ihr heraus. »Sie hatte vor Kurzem einen schweren Unfall. Und das war deine Schuld! Deine und die der anderen, die auf der Party waren und nicht eingegriffen haben, als du ihr immer wieder nachgeschenkt hast.«
»Pass auf, was du sagst.« Björn ließ sich nicht aus der Ruhe bringen. »Solange du keine Beweise für deine Behauptungen hast, ist das Verleumdung. Dafür könnte ich dich verklagen.«
Marie lächelte kalt. »Und ob wir Beweise haben! Wir haben einen Film, da ist alles drauf.«
Björn lachte auf. »Einen Film? Ja, klar. Und ich bin der Weihnachtsmann.«
Maries Augen verzogen sich zu schmalen Schlitzen. Sie sah aus wie eine Wildkatze kurz vor dem Angriff. »Wage es nicht noch einmal, über mich zu lachen!«, zischte sie. »Du fühlst dich sehr sicher, was? Dabei steckst du bis zum Hals in Schwierigkeiten. Jemand hat dich gefilmt, als du Juliana abgefüllt hast. Sie saß hier, auf dieser Matratze«, Marie zeigte auf eine der schmuddeligen Matratzen am Boden, »und du hast ihr irgendein ekliges, durchsichtiges Zeug in einen weißen Plastikbecher gegossen. Immer und immer wieder. Bis sie umgekippt ist.«
Björn wurde blass. Ihm schien allmählich zu dämmern, dass Marie nicht bluffte. »Was … wieso …«, stammelte er, aber Kim ließ ihn nicht ausreden.
»Wo ist Bianka?«, fragte sie. »Was hast du mit ihr gemacht? Hast du sie auch mit Alkohol abgefüllt? Ist ihr etwas Schlimmes passiert, so wie Juliana? Oder wollte sie deine Partys auffliegen lassen?«
»Nein!«, brüllte Björn so laut, dass Kim zusammenzuckte.

Sein Gesicht war vor Wut zu einer hässlichen Fratze verzerrt. In seinen Augen loderte ein seltsames Feuer. »Ihr werdet Bianka niemals finden! Niemals!«
Während Kim ihn noch fassungslos anstarrte, machte er einen großen Schritt auf sie zu und verpasste ihr einen kräftigen Stoß. Kim taumelte nach hinten und verlor das Gleichgewicht. Zum Glück landete sie halbwegs weich auf einer der Matratzen. Bevor sie sich wieder aufrappeln konnte oder Marie und Franzi die Möglichkeit hatten zu reagieren, knallte Björn die Tür von außen zu und schob den Riegel vor.
»Hey!«, rief Marie. »Was soll das? Mach sofort die Tür auf, du Idiot!«
Aber draußen blieb alles still. Nur das Rauschen des Windes war zu hören. Sie waren allein.

Völlig durchgeknallt

»So ein Mist!« Marie hämmerte gegen die Tür, gab es aber bald auf. »Ist Björn jetzt total durchgedreht? Er kann uns doch nicht einfach hier einsperren!«
Kim erhob sich von der Matratze, auf die Björn sie geschubst hatte. »Er hat Panik bekommen, ganz klar. Offenbar haben wir mit unseren Anschuldigungen ins Schwarze getroffen.« Plötzlich wurde ihr eiskalt. »Er hat Bianka! Vielleicht hatte sie keine Lust mehr, bei seinen Partys mitzumachen, und wollte alles auffliegen lassen …«
»Genau!« Franzi nickte. »Darum hat er sie entführt und jetzt hält er sie irgendwo gefangen.«
»Aber wo?«, fragte Marie.
»Darüber können wir später nachdenken«, sagte Kim. »Erst mal müssen wir hier raus, und zwar schnell. Es geht um Leben und Tod. Wer weiß, was Björn mit Bianka vorhat. So panisch, wie er war, traue ich ihm alles zu.«
Ihr werdet Bianka niemals finden! Niemals!
Björns Worte hallten in Kims Kopf und jagten ihr einen Schauer über den Rücken.
»Irgendwelche Vorschläge?«, fragte Marie.
Franzi untersuchte die Tür. »Die Tür ist nicht besonders stabil. Wir könnten sie eintreten.«
»Einen Versuch ist es wert. Aber dazu brauchen wir jede Menge Power.« Kim streckte den Arm aus.
Die anderen verstanden sofort. Sie streckten ebenfalls ihre Arme aus und alle drei legten die Hände übereinander.
»Die drei !!!«, sagten Kim, Franzi und Marie im Chor.
»Eins!«, sagte Kim.
»Zwei!«, sagte Marie.

Und Franzi rief: »Drei!«
Zum Schluss hoben sie gleichzeitig die Hände und riefen: »POWER!«
Kim spürte, wie sich ihre Angst legte und sie von neuer Kraft erfüllt wurde. Das altbewährte Ritual hatte mal wieder Wirkung gezeigt.
»Alles hört auf mein Kommando!« Marie stellte sich in Position. »Auf die Plätze, fertig, los!«
Gleichzeitig rannten sie los und warfen sich gegen die Tür. Es krachte und die ganze Hütte wackelte bedenklich, aber die Tür blieb zu.
»Gleich noch mal!«, rief Franzi.
Beim zweiten Versuch klappte es. Holz splitterte und die Tür flog so plötzlich auf, dass die Detektivinnen vor der Hütte im feuchten Gras landeten.
»Na toll, jetzt ist mein Kleid auch hinüber.« Marie rappelte sich auf und betrachtete betrübt ihr ehemals grünes Minikleid, das jetzt mit braunen Matschflecken übersät war.
»Wozu gibt's Waschmaschinen?« Franzi würdigte ihre dreckige Jeans keines Blickes.
»Wir müssen zurück zum Internat, und zwar schnell!«, drängte Kim. »Vielleicht können wir Björn noch einholen.«
Die Detektivinnen rannten los. Zweige peitschten ihnen ins Gesicht, Schlamm spritzte auf und ein Käuzchen flog erschreckt davon. Kim versuchte, nicht auf die Schatten zu achten, die neben dem Weg durchs Unterholz huschten und jedes Mal blitzschnell verschwanden, wenn sie zu ihnen hinübersah. Einmal meinte sie, funkelnde Augen zu erkennen, die sie aus luftiger Höhe anstarrten. Eine Eule? Oder irgendein anderer Nachtvogel? So lange es nichts Schlimmeres war …

Als sie das Internat erreichten, atmete Kim erleichtert auf. Sie liefen einmal um das Schloss herum, doch von Björn war weit und breit nichts zu sehen.
»Mist!«, schimpfte Kim. »Er ist uns entwischt.« Sie ließ sich keuchend auf den Stufen der Freitreppe nieder.
Die Eingangstür wurde aufgerissen und Leslie stürzte heraus. »Da seid ihr ja endlich! Ich hab mir schon Sorgen gemacht. Wo wart ihr denn so lange? Habt ihr etwas herausgefunden?«
»Allerdings.« Kim berichtete kurz, was geschehen war.
Leslie schnappte nach Luft. »Du meinst, Björn hat Bianka entführt? Das kann nicht sein! Dazu ist er viel zu nett.«
Kim zog Leslie zu sich auf die Stufen und sah ihr direkt in die Augen. »Björn ist nicht nett«, sagte sie entschieden. »Er tut nur so. Du hast doch das Video gesehen! Er manipuliert die Menschen für seine Zwecke. Aber das macht er so geschickt, dass man es nicht merkt. Oder erst, wenn es zu spät ist.«
Leslie seufzte. »Ich kann mir einfach nicht vorstellen, dass er so etwas tun würde …«
»Glaub mir, wir haben recht.« Kim drückte kurz Leslies Hand. »Hast du eine Idee, wo Björn Bianka versteckt haben könnte? Es muss ein abgelegener Ort sein, irgendwo, wo so schnell niemand auftauchen wird, wo sich Björn gut auskennt und für den er vielleicht sogar einen Schlüssel hat. Wir müssen Bianka so schnell wie möglich finden!«
Leslie überlegte. »Nein … keine Ahnung …« Plötzlich hellte sich ihre Miene auf. »Das Bootshaus! Es liegt etwas abseits vom Internatsbetrieb am See. Und Björn hat als Trainer natürlich einen Schlüssel.«
Eine Erinnerung stieg aus irgendeiner Untiefe in Kims Gedächtnis auf. Sie sah das Schwarze Brett vor sich, an dem sie bei ihrem ersten Besuch im Internat die Aushänge studiert hatten.

»Das Rudertraining fällt dieses Wochenende aus!«, rief Kim. »Björn muss also nicht befürchten, dass jemand vorbeikommt, der Bianka entdecken könnte.« Sie sprang auf. »Das ist es!«
»Nichts wie hin!« Franzi wollte schon loslaufen, doch Kim hielt sie zurück.
»Einen Moment noch. Ich sage Kommissar Peters Bescheid. Falls Björn durchdreht, brauchen wir unbedingt Unterstützung.« Kim wählte bereits die Nummer des Kommissars.
»Kann ich mitkommen?«, fragte Leslie.
»Das geht nicht.« Marie sah Leslie ernst an. »Es ist zu gefährlich. Außerdem brauchen wir jemanden, der hierbleibt und Kommissar Peters den Weg zum See zeigt, sobald er auftaucht. Das ist sehr wichtig! Meinst du, du schaffst das?«
»Klar!« Leslie nickte stolz. »Das krieg ich schon hin, macht euch keine Sorgen.«
»Prima.« Marie lächelte Leslie zu. »Ich wusste, dass wir auf dich zählen können.«
Kim hatte das Telefonat währenddessen beendet. »Kommissar Peters wird so schnell wie möglich hier sein. Und wie immer: Wir sollen nichts ohne ihn unternehmen.« Sie steckte ihr Handy ein. »Das ist mir diesmal aber egal, jede Sekunde zählt: Los jetzt!«

Das Bootshaus war dank Leslies Beschreibung und Kims guter Erinnerung an den Lageplan am Schwarzen Brett nicht schwer zu finden. Es lag hinter den Sportplätzen direkt am See. Schon von Weitem sahen die drei !!! den Lichtschein in der Dunkelheit. Die großen Türen standen sperrangelweit offen und alles war hell erleuchtet. Die Detektivinnen sausten in die Halle, in der rechts und links die Boote auf ihren Gestellen lagen. Doch weder Björn noch Bianka waren zu sehen.

»Da fehlt ein Boot!« Franzi zeigte auf ein Gestell, das herausgezogen, aber leer war.
»Mist!«, keuchte Kim. »Er will über den See abhauen. Ans andere Ufer grenzt direkt ein riesiges Waldgebiet. Ich schätze, dort will er ein neues Versteck für Bianka suchen, weil ihm das Internatsgelände zu unsicher geworden ist.«
Sie rannten zum Steg. Das Holz war feucht und so glitschig, dass Kim beinahe ausgerutscht wäre. Hier war es ziemlich dunkel. Das Licht vom Bootshaus leuchtete nur schwach herüber. Der Wind pfiff über das schwarze Wasser und wühlte es auf. Wellen schwappten an den Steg und verursachten ein schmatzendes Geräusch. Ein länglicher, dunkler Schatten tanzte auf dem Wasser, direkt neben dem Steg. Ein Ruderboot! Kim konnte zwei Gestalten ausmachen.
»Björn!« rief sie. »Stopp!«
Aber das Boot legte bereits ab. Kim, deren Augen sich allmählich an die Dunkelheit gewöhnten, sah, wie Björn sich mit dem Fuß vom Ufer abstieß. Dann nahm er auf dem Rollsitz Platz und begann kräftig zu rudern, um vom Steg wegzukommen. Doch das war gar nicht so leicht, denn der Wind und die Wellen drückten das Boot immer wieder zurück.
Ein schriller Schrei zerschnitt die stürmische Nacht.
»Bianka!«, rief Franzi. »Wir sind hier!«
»Hilfe! Helft mir!« Der Wind wehte Biankas verzweifelte Stimme zu den Detektivinnen hinüber.
»Haut ab!«, brüllte Björn. »Sonst kann ich für nichts garantieren!«
»Das bringt doch nichts, Björn!« Kim versuchte, ihre Stimme ruhig klingen zu lassen. Dabei raste ihr Herz vor Panik. »Du machst alles nur noch schlimmer. Gib endlich auf!«
»Niemals!«, rief Björn. »Ich bringe Bianka fort. In ein anderes Versteck, wo sie niemand findet.«

Kim schluckte. Sie musste es irgendwie schaffen, Björn abzulenken, bis Kommissar Peters hier war. Das war ihre einzige Chance. Zum Glück war der Wind auf ihrer Seite. In jeder Sekunde, die Björn nicht ruderte, drückte er das Boot näher an den Steg. »Warum soll niemand Bianka finden? Weil sie bei den geheimen Partys dabei war und nach Julianas Unfall nicht mehr mitmachen wollte?«

Björn schnaubte verächtlich. »Die hat doch nicht mit uns gefeiert! Bianka interessiert sich nur fürs Lernen, die totale Langweilerin. Aber sie hat den Stoff für unsere Partys besorgt.«

»Bianka hat für euch Alkohol organisiert?«, fragte Kim verblüfft.

Das Boot war inzwischen so nah, dass Kim seine Insassen gut erkennen konnte. Björn saß an den Rudern. Sein Gesicht war seltsam bleich und in seinen Augen lag immer noch dieses unheimliche Funkeln. Bianka hockte ihm mit angezogenen Beinen gegenüber. Sie trug tatsächlich ihre Schuluniform und warf den drei !!! einen flehenden Blick zu. Kim bekam eine Gänsehaut, als sie sah, dass Bianka an Händen und Füßen gefesselt war. Was, wenn das Boot bei dem kräftigen Wind kenterte und Bianka ins Wasser fiel? Sie würde untergehen wie ein Stein, unfähig zu schwimmen, unfähig, ihre Arme und Beine zu bewegen …

»Irgendwer musste ja für Nachschub sorgen. Und Bianka hat sich sozusagen freiwillig gemeldet.« Björn lachte auf.

Kim verstand kein Wort, aber darauf kam es nicht an. Wichtig war jetzt nur, dass eins der Ruder beinahe in Greifweite war. Marie hatte das auch bemerkt. Unauffällig schob sie sich Schritt für Schritt nach vorne. Dann ging sie plötzlich in die Hocke und griff nach dem Ruder.

»Ich hab's!«, rief sie und versuchte, das Boot an den Steg zu ziehen. Franzi kam ihr sofort zu Hilfe.

»Lass los, du dumme Kuh!«, schimpfte Björn. Er versuchte, das Ruder wieder freizubekommen. Das Boot wackelte bedenklich.
»Vorsicht!«, rief Kim, aber es war zu spät.
Das schmale Ruderboot kippte um und Björn und Bianka landeten im Wasser. Björn tauchte kurze Zeit später prustend wieder auf. Er hatte ordentlich Wasser geschluckt, schaffte es aber trotzdem aus eigener Kraft, zum Steg zu schwimmen.
Kim suchte die Wellen nach einem Lebenszeichen von Bianka ab. Immer wieder ließ sie ihren Blick über das schwarze Wasser gleiten, bis ihre Augen zu tränen begannen und die Oberfläche des Sees verschwamm.
Doch Bianka blieb verschwunden.

Rettung in letzter Sekunde

Franzi reagierte sofort. Sie streifte sich blitzschnell die Turnschuhe von den Füßen, sprang mit einem eleganten Kopfsprung in das aufgewühlte Wasser und kraulte zu der Stelle, an der Bianka untergegangen war. Marie und Kim zogen währenddessen das Boot an Land, das von den Wellen immer wieder mit einem dumpfen Krachen gegen den Steg geworfen wurde. Neben ihnen hievte sich Björn aus dem Wasser und blieb erschöpft auf den feuchten Holzplanken sitzen. Er war klitschnass, zitterte am ganzen Körper und wurde von heftigen Hustenanfällen geschüttelt. Kim überzeugte sich mit einem kurzen Blick davon, dass es ihm den Umständen entsprechend gut ging. Zum Glück war er im Moment völlig mit sich selbst beschäftigt, sodass sie nicht mit einem plötzlichem Fluchtversuch rechnen mussten.
Dann trat Kim an die vorderste Kante des Stegs und hielt nervös nach Franzi Ausschau. Franzis Kopf verschmolz beinahe mit dem dunklen Wasser des Sees. Sie war eine gute Schwimmerin und Bianka war nicht weit vom Steg ins Wasser gefallen, aber bei dem Wellengang hatte selbst Franzi Probleme, sich über Wasser zu halten. Kim sah, wie sie kämpfte. Schließlich holte Franzi tief Luft und tauchte. Kim hielt ebenfalls den Atem an. Ihr Herz schlug wie ein Dampfhammer in ihrer Brust. Was, wenn Franzi nicht wieder nach oben kam? Wenn sie einfach verschwand, so wie Bianka, und sie sie nie wiedersehen würden?
Bei dem Gedanken stiegen augenblicklich Tränen in Kims Kehle empor. Vielleicht hatten sie dort schon die ganze Zeit gelauert und nur auf eine Gelegenheit gewartet, endlich zuzuschlagen.

»Du schaffst es, Franzi!«, flüsterte Kim beschwörend. »Gib nicht auf.« Ihre Fingernägel bohrten sich schmerzhaft in ihre Handflächen, als sie beide Hände zu Fäusten ballte. Sie konnte den Blick nicht vom Wasser abwenden.

»Da ist sie!«, rief Marie. Auch in ihrer Stimme schwangen Tränen mit.

Franzis Kopf tauchte zwischen den Wellen auf, ein ganzes Stück in Richtung Seemitte von der Stelle entfernt, an der sie verschwunden war. Sie zog etwas Schweres aus der Tiefe empor und hielt es mit beiden Händen fest. Bianka! Ihr Kopf hing schlaff zur Seite.

Franzi warf sich auf den Rücken, schob ihre Arme unter Biankas Achseln und begann, zum Ufer zu schwimmen. Das Gewicht von Biankas Körper drückte sie immer wieder nach unten. Kleine Wellen glitten über ihr Gesicht, aber sie gab nicht auf. Nur mit der Kraft ihrer Beine bewegte sie sich auf den Steg zu. Es dauerte unerträglich lange. Kim sah, wie Franzis Bewegungen immer müder und langsamer wurden.

»Weiter so, Franzi!«, rief Marie. »Gleich hast du's geschafft!«

Marie und Kim knieten sich auf den Steg und streckten die Arme aus. Sobald Franzi nah genug war, zogen sie sie zum Ufer. Mit vereinten Kräften schafften sie es, Bianka auf den Steg zu hieven. Franzi kletterte selbst an Land, bevor sie erschöpft auf den Holzplanken zusammenbrach.

Marie versuchte, Biankas Fesseln zu lösen. Das war nicht so leicht, weil sie sich mit Wasser vollgesogen hatten und die Knoten bombenfest saßen. Björn saß immer noch hustend und röchelnd auf den Holzplanken des Stegs. Kim beugte sich über Bianka, die wie tot neben Franzi lag. Ihr Gesicht war weiß und ihre Lippen schimmerten bläulich. Ihre blonden Haare waren dunkel vom Wasser und klebten wie Seetang an ihrem Kopf.

»Ich glaube, sie atmet nicht mehr«, flüsterte Kim entsetzt. Angst schoss durch ihren Körper und lähmte sie.
In diesem Moment begann Bianka zu husten. Sie würgte und ein Schwall Seewasser ergoss sich aus ihrem Mund. Marie und Kim halfen ihr dabei, sich aufzusetzen, während sie noch mehr Wasser spuckte. Marie hatte es inzwischen geschafft, Bianka von ihren Fesseln zu befreien. Biankas Hände zitterten, als sie sich die nassen Haare aus dem Gesicht strich, und ihr Atem ging flatternd und unregelmäßig. Aber sie atmete wieder!
»Willkommen unter den Lebenden!« Marie lächelte erleichtert.
Kim nahm Biankas eiskalte Hand und drückte sie. »Jetzt wird alles gut«, flüsterte sie. Einen Moment drohten die Tränen sie zu überwältigen, aber dann hatte sie sich wieder im Griff.
In diesem Moment hörte Kim Schritte. Kurz darauf rief eine schneidende Stimme: »Polizei! Was ist hier los?«
»Kommissar Peters!« Kim war unendlich erleichtert, den alten Freund und Helfer der drei !!! auf dem Steg auftauchen zu sehen. Hinter ihm erschien Polizeimeister Conrad, gefolgt von Leslie. Plötzlich redeten alle durcheinander.
»Was zum Teufel treibt ihr hier mitten in der Nacht? Ich habe euch doch gesagt: keine Alleingänge!«, rief Kommissar Peters aufgebracht.
»Er ist an allem schuld! Am besten nehmen Sie ihn sofort fest.« Franzi zeigte anklagend auf Björn, der noch immer zusammengesunken auf dem Steg saß. Dann wurde sie von einem Niesanfall geschüttelt.
»Wir können alles erklären …«, begann Kim.
»Bianka! Da bist du ja!«, jubelte Leslie und fiel ihrer Freundin um den Hals.
»Ruhe!«, brüllte Kommissar Peters. Augenblicklich wurde es still. Jetzt übernahm der Kommissar das Kommando. »Ihr könnt mich später aufklären. Erst müssen wir zurück zum In-

ternat. Franzi und die beiden anderen Nachtschwimmer hier brauchen so schnell wie möglich trockene Klamotten. Was habt ihr euch bloß dabei gedacht, bei diesen Temperaturen in den See zu springen? Ihr werdet euch den Tod holen!« Er zog seinen Mantel aus und wickelte Bianka darin ein. Dann winkte er seinem Kollegen zu. »Kümmern Sie sich um dieses Mädchen, Conrad. Es ist völlig unterkühlt und entkräftet.« Er warf Franzi einen scharfen Blick zu. »Und was ist mit dir?«
»Ich komm schon klar.« Franzi erhob sich und schlang bibbernd die Arme um den Oberkörper. Kim schlüpfte schnell aus ihrer Fleecejacke und half Franzi dabei, sie anzuziehen.
Björn war ebenfalls aufgestanden. Er stand mit hochgezogenen Schultern neben dem ramponierten Boot und versuchte, das Klappern seiner Zähne zu unterdrücken. Sein Blick war dunkel, das Unheil verkündende Glühen erloschen.
»Du kommst mit mir, Freundchen.« Kommissar Peters legte Björn die Hand auf die Schulter und schob ihn vom Steg. »Solange ich nicht weiß, was hier gespielt wird, weichst du mir nicht von der Seite, klar?«
Björn reagierte nur mit einem leichten Nicken. Er wirkte völlig apathisch. Offenbar hatte er mit sich und seinem Schicksal abgeschlossen und ließ die Dinge nun einfach geschehen.
Kommissar Peters wandte sich an Kim. »Und du kannst mir auf dem Rückweg einen kurzen Lagebericht erstatten. Sieht ganz so aus, als wärt ihr mal wieder in einen neuen Fall gestolpert.«
»Gut kombiniert, Herr Kommissar.« Ein zittriges Lächeln erschien auf Kims Gesicht. Dann begann sie zu erzählen.

Eine Stunde später saßen die drei !!! mit Bianka und Leslie im Schüler-Café, einem behaglichen kleinen Raum im Keller des Internats. Hier gab es eine Theke, mehrere Tische und Stühle

und eine gemütliche Sitzecke direkt neben der Heizung. Dort hatten es sich die Mädchen bequem gemacht. Zuvor waren Bianka und Franzi von der Internatskrankenschwester untersucht worden. Glücklicherweise hatte sie – abgesehen von einer leichten Unterkühlung – nichts weiter feststellen können. Nun saßen die beiden mit Wärmflaschen und in Wolldecken gehüllt auf dem Sofa und erholten sich von ihrem nächtlichen Bad. Vor ihnen dampften Becher mit heißem Kräutertee, den Leslie hinter der Theke gekocht hatte.
Kommissar Peters hatte veranlasst, dass die Mädchen hier auf ihn und Polizeimeister Conrad warten sollten, während Björn zu seinem Vater gebracht und einer ersten Befragung unterzogen wurde.
»Ist dir auch wirklich warm genug?« Leslie überprüfte noch einmal, ob die Heizung voll aufgedreht war, dann setzte sie sich neben Bianka. Sie warf ihrer Freundin einen besorgten Blick zu. »Du bist immer noch ganz blass. Ich kann's einfach nicht fassen, dass Björn dich tatsächlich entführt hat! Das hätte ich ihm nie zugetraut.«
Bianka lächelte traurig. »Ich auch nicht. Sonst wäre ich bestimmt nicht mit ihm zum Bootshaus gegangen. Er hat mich am Freitag nach der Schule abgefangen und behauptet, er wolle sich mit mir aussprechen. In aller Ruhe und ungestört. Und ich dumme Nuss hab ihm geglaubt!«
Leslie nahm Biankas Hand und drückte sie. »Du konntest schließlich nicht wissen, was er vorhat.«
»Nein, aber ich hätte es mir denken können.« Bianka seufzte. »Ich wusste ja, wie mies Björn sein kann.«
»Björn hat dich erpresst, nicht wahr?«, fragte Kim, die inzwischen sämtliche Puzzleteile dieses ungewöhnlichen Falls in ihrem Kopf zusammengesetzt hatte. Das Bild, das sich ergab, war erschreckend.

Bianka biss sich auf die Unterlippe und nickte.

»Er hat damit gedroht, seinem Vater von deiner Aufnahmeprüfung zu erzählen, wenn du nicht den Alkohol für seine Partys besorgst.« Kim wusste, dass sie recht hatte. Nur so ergab alles einen Sinn.

Bianka nickte wieder. »Erst dachte ich, ist ja nicht so schlimm, damit komme ich schon klar. Aber je länger ich es machen musste, desto schlimmer wurde es.«

»Ich bin an allem schuld!«, schluchzte Leslie. »Ich habe Björn davon erzählt, dass du bei der Prüfung einen Spickzettel dabei hattest, es tut mir so leid!«

Bianka lächelte Leslie zu. »Ist schon okay. Ich weiß ja, dass du das nicht absichtlich gemacht hast. Und du konntest schließlich nicht ahnen, wozu er fähig ist.«

»Wie bist du an den Alkohol gekommen?«, fragte Franzi weiter. »Du bist doch noch nicht sechzehn, oder?«

Bianka schüttelte den Kopf. »Erst habe ich es mit einem gefälschten Schülerausweis probiert, aber das hat nicht geklappt. Dann hab ich ältere Schüler angesprochen und gefragt, ob sie mir etwas mitbringen können. Einige haben mir den Gefallen getan, andere nicht. Manchmal hab ich sogar Leute direkt vor dem Supermarkt angequatscht. Es gab tatsächlich Erwachsene, die Bier, Sekt oder Wein für mich gekauft haben. Aber ich habe mich furchtbar dabei gefühlt, fast so, als würde ich betteln. Dabei hab ich den Alkohol natürlich bezahlt.«

»Wie lange ging das so?«, fragte Marie.

»Ein paar Monate vielleicht.« Bianka seufzte. »Irgendwann funktionierte das nicht mehr. Die Leute im Ort fingen an, mich schräg anzugucken. Wahrscheinlich haben sie sich gefragt, was ich mit dem ganzen Alkohol mache. Ich durfte nicht auffallen. Also bin ich mit dem Bus in den nächsten Ort gefahren. Und dann in den übernächsten. Immer zu anderen

Supermärkten und immer weiter weg. Manchmal war ich ganze Nachmittage unterwegs. Ich hab mich geschminkt und mir die Haare hochgesteckt, damit ich älter aussehe. Meistens hat das tatsächlich funktioniert. Nicht alle Verkäuferinnen machen sich die Mühe, nach dem Ausweis zu fragen.«

»Und du hast den Alkohol immer selbst bezahlt?«, fragte Kim.

Bianka nickte. »Das wurde auf Dauer richtig teuer. Mein ganzes Taschengeld ist dafür draufgegangen. Meine Eltern sind nicht so reich wie die der anderen Schüler hier, darum habe ich sowieso nie besonders viel Geld. Aber noch schlimmer war die ständige Angst, erwischt zu werden. Es ist streng verboten, Alkohol aufs Internatsgelände zu schmuggeln. Wenn das jemand mitbekommen hätte, wäre ich sofort geflogen. Und das, obwohl ich so viel dafür getan habe, um nach Schloss Hohenstein zu kommen. Es war schon immer mein Traum, auf dieses Internat zu gehen. Ich wollte mir diesen Traum nicht kaputt machen lassen. Von nichts und niemandem.«

»Und darum hast du getan, was Björn von dir verlangt hat«, sagte Kim.

»Ja.« Bianka starrte in ihre Teetasse, die sie wie einen Rettungsanker mit beiden Händen umklammert hielt. »Aber die Angst hat mich fertig gemacht. Ich konnte nachts nicht mehr schlafen, mich nicht mehr auf den Unterricht konzentrieren. Ich hatte keine Zeit mehr zum Lernen, weil ich nachmittags immer unterwegs war, auf der Suche nach Alkohol.«

»Hat denn niemand mitbekommen, dass es dir schlecht geht?«, fragte Franzi. »Deine Eltern, deine Freunde? Leslie? Jason?«

Eine Träne löste sich aus Biankas Wimpern und rollte über ihre Wange. »Ich habe allen etwas vorgemacht. Aber Jason hat gespürt, dass etwas nicht stimmt. Er hat mich immer wieder gefragt, was los ist. Doch ich konnte es ihm nicht sagen. Dar-

um habe ich mich von ihm getrennt.« Bianka holte zitternd Luft. »Es hat so wehgetan. Vor allem, weil er die Trennung erst nicht akzeptiert hat und ständig mit mir reden wollte. Darum habe ich mich noch weiter zurückgezogen. Nicht nur von ihm, sondern auch von allen anderen. Und vor Leslie habe ich natürlich versucht, alles zu vertuschen«, sagte sie mit einem entschuldigenden Blick auf ihre Freundin.
»Und was war mit Juliana?«, wollte Marie wissen. »Du warst an dem Abend des Unfalls dabei, als sie mit Björn und den anderen gefeiert hat, oder?«
Bianka sah auf. Ihr Blick war in die Ferne gerichtet. Oder in die Vergangenheit. »Ja, ich war dabei«, bestätigte sie leise. »An diesem Tag hatte ich Glück. Wenn man es so nennen will.« Sie verzog das Gesicht zu einem traurigen Lächeln. »So ein schmieriger Typ hat sich vor dem Supermarkt bereit erklärt, mir etwas zu trinken mitzubringen. Er hat nicht nur Wein und Bier, sondern auch härtere Sachen besorgt. Björn war hellauf begeistert, als er das Zeug gesehen hat. Ich habe es abends zur Hütte in den Wald gebracht. Ich war froh, die Flaschen loszuwerden. Björn hat sofort eine Runde eingeschenkt und alle haben angestoßen. Es waren nicht nur seine üblichen Freunde dabei, sondern auch ein Mädchen aus meiner Parallelklasse. Juliana.«
»Juliana war an diesem Abend zum ersten Mal in der Hütte?«, fragte Marie.
Bianka nickte. »Sie war furchtbar stolz deswegen. Sie hat Björn die ganze Zeit mit so einem verzückten Blick angesehen, als wäre er ihr persönlicher Held. Na ja, ihr habt ihn ja inzwischen kennengelernt. Er kann ziemlich charmant sein, wenn er will.«
»Das stimmt allerdings.« Marie räusperte sich verlegen.
Bianka trank einen Schluck Tee, bevor sie weitererzählte. »Als

die Party begann, wollte ich gehen. Aber dann sah ich, wie Björn anfing, Juliana abzufüllen. Das ist ein übliches Ritual in seiner Clique. Wer dazugehören will, muss beweisen, dass er trinkfest ist. Erst machte Juliana bereitwillig mit. Aber irgendwann konnte sie nicht mehr. Björn hat ihr trotzdem immer wieder nachgeschenkt, bis ihr schlecht wurde.«
»Warum hast du das gefilmt?«, fragte Kim.
Bianka zuckte mit den Schultern. »Das weiß ich selbst nicht so genau. Es war ein plötzlicher Impuls. Vielleicht wollte ich Beweise gegen Björn sammeln, um etwas gegen ihn in der Hand zu haben.« Bianka seufzte. »Ich bin mit Juliana vor die Hütte gegangen. Sie musste sich übergeben. Ich wollte sie mitnehmen, zurück zum Internat, aber sie hat sich geweigert. Sie wollte tatsächlich wieder in die Hütte und mit den anderen weiterfeiern. Ich habe wie verrückt auf sie eingeredet, aber sie war zu betrunken, um mir zuzuhören. Zu betrunken und zu verliebt. Sie hat sich losgerissen und ist in die Hütte gerannt.«
»Und was hast du gemacht?«, fragte Marie.
Bianka schwieg. Dann sagte sie: »Ich bin allein zurückgegangen.« Ihre Stimme klang dumpf. »Und das werde ich mir nie verzeihen. Solange ich lebe nicht.« Es klang wie ein feierlicher Schwur. »Am nächsten Tag habe ich von Julianas Unfall erfahren. Sie muss sich auf dem Rückweg im Wald verlaufen haben und auf der Landstraße gelandet sein. Ich habe mir schreckliche Vorwürfe gemacht. Wenn sie mit mir zurückgegangen wäre, wäre das alles nicht passiert. Ganz davon abgesehen, dass ich das Zeug besorgt hatte, mit dem Juliana sich betrunken hat ...« Biankas Stimme versagte. Ein trockenes Schluchzen stieg ihre Kehle hinauf. Sie stellte die Teetasse ab und fuhr sich mit zittrigen Händen über das Gesicht.
»Du bist nicht schuld«, sagte Kim sanft. »Du wurdest erpresst,

darum hast du den Alkohol besorgt. Und Juliana hätte ihn ja nicht trinken müssen. Es war ihre freie Entscheidung. Sie hätte doch jederzeit gehen können, oder?«

Bianka nickte unsicher. »Ja, schon, aber …«

»Wenn überhaupt, ist Björn der Schuldige.« Franzis Augen blitzten wütend. »Er hat dich erpresst. Er hat die Partys veranstaltet. Und er hat Juliana zum Trinken genötigt.«

»Hast du uns deswegen angerufen und ins Internat bestellt?«, fragte Kim. »Weil du uns von der Erpressung erzählen wolltest? War Julianas Unfall der Auslöser?«

Bianka atmete einmal tief durch, bevor sie weitererzählte. Den letzten Teil der Geschichte. »Nicht ganz. Nach dem Unfall war ich total verzweifelt. Ich habe sogar darüber nachgedacht, das Internat freiwillig zu verlassen. Damit der Spuk endlich ein Ende hat. Aber dann kam Leslie eines Abends mit strahlenden Augen vom Rudertraining zurück …«

Leslie, die schweigend zugehört und nur ab und zu Biankas Hand gedrückt hatte, zuckte zusammen. »Ich?«

Bianka nickte. »Ja, du. Du warst der Auslöser. Weißt du noch, wie du mir von deinem Gespräch mit Björn erzählt hast? Ich konnte deine Schwärmerei für diesen Mistkerl sowieso kaum ertragen. Ich hätte dir am liebsten die Wahrheit über ihn erzählt, aber das war unmöglich, ohne die Erpressung zu erwähnen. Und dann warst du plötzlich so glücklich, weil er dich gefragt hatte, ob du Lust hättest, mal mit ihm auf eine Party zu gehen … eine geheime Party …« Bianka verstummte. Sie sah traurig aus. Und sehr, sehr müde.

Kim sog scharf die Luft ein. Jetzt wurde ihr alles klar. »Björn wollte Leslie in seine Clique einführen? So wie Juliana?«

Bianka nickte. »Es sah alles danach aus. Und das musste ich unbedingt verhindern. Ich hätte alles getan, um Leslie zu schützen. Björn sollte sie nicht bekommen. Es sollte ihr nicht

so ergehen wie Juliana. Ich war kurz davor, zum Direktor zu gehen und alles zu erzählen.«
Leslie war blass vor Schreck. »Das hättest du getan? Aber dann wärst du von der Schule geflogen!«
»Das war mir egal.« Auf Biankas Gesicht erschien ein kleines Lächeln. »Doch dann seid ihr aufgetaucht. Die drei !!!, echte Detektivinnen! Genau zum richtigen Zeitpunkt. Es erschien mir wie ein Wink des Schicksals. Ich beschloss, euch um Hilfe zu bitten.«
»Wie hat Björn davon erfahren?«, fragte Kim.
»Er hat mitbekommen, wie wir telefoniert haben.« Bianka fröstelte und zog die Wolldecke fester um sich. »Ich war gerade im Speisesaal, als du angerufen hast.«
»Stimmt, ich erinnere mich.« Kim fiel ein, wie laut es im Hintergrund gewesen war.
»Björn hat mich belauscht und eins und eins zusammengezählt. Er hatte alles genau geplant.« Bianka schüttelte den Kopf, immer noch fassungslos angesichts solcher Hinterhältigkeit. »Nachdem er mich ins Bootshaus gelockt hatte, sperrte er mich in der Umkleidekabine ein, weil es dort keine Fenster gibt, durch die ich hätte fliehen können. Ich habe gerufen und geschrien, aber niemand hat mich gehört.«
»Kein Wunder, es hat ja auch kein Rudertraining an diesem Wochenende stattgefunden«, warf Marie ein.
»Björn hat nichts dem Zufall überlassen.« Biankas Stimme klang bitter. »In meinem Gefängnis warteten bereits drei Flaschen Wasser und zwei Packungen Kekse auf mich, damit ich nicht verhungere oder verdurste. Er hat mir mein Handy abgenommen, sodass ich niemanden verständigen konnte, und sogar heimlich meine Reisetasche und ein paar Klamotten aus meinem Zimmer geholt, damit die Geschichte vom spontanen Wochenend-Trip glaubwürdiger wirkt.«

»Dann hat Björn also von deinem Handy aus die Nachrichten an Leslie und Mirko Burkhard geschrieben! Und auch an uns, damit wir wieder nach Hause fahren«, rief Franzi. »Das war wirklich verdammt schlau.«

»Deshalb hat er bei unserer Ankunft auch vor dem Eingang herumgelungert«, sagte Kim. »Von wegen Zufall! Er hat auf uns gewartet. Er wusste, dass Bianka sich mit jemandem verabredet hatte, um ihn auffliegen zu lassen, und er wollte herausfinden, mit wem.«

»Und ich habe ihm auch noch verraten, dass wir von Biankas Verschwinden wissen!« Marie schlug sich mit der flachen Hand gegen die Stirn. »Dafür könnte ich mir immer noch in den Hintern beißen.«

»Uns hätte gleich auffallen müssen, wie nervös ihn diese Tatsache gemacht hat«, sagte Kim. »Darum hat er mir auch sofort nach unserem Gespräch die SMS geschrieben, die angeblich von Bianka stammte. Er wollte uns in Sicherheit wiegen.«

»Vor allem wollte er, dass wir so schnell wie möglich wieder verschwinden«, stellte Franzi fest. »Es hat ihm gar nicht gepasst, dass wir im Internat herumgeschnüffelt haben.«

»Was hatte er denn mit dir vor?«, fragte Kim. »Wie lange wollte er dich gefangen halten?«

Bianka zuckte mit den Schultern. »Keine Ahnung. Ich glaube, er wollte mich nur etwas einschüchtern. Damit ich nichts verrate und weiterhin sein fieses Spiel mitspiele. Aber als ihr ihm auf die Spur gekommen seid, hat er Panik bekommen und ist durchgedreht.« Bianka schauderte. »Als wir in dem Ruderboot saßen, hatte ich richtig Angst vor ihm. Ich dachte, jetzt hat mein letztes Stündlein geschlagen.« Sie lächelte Franzi zu. »Und wenn du nicht so schnell reagiert hättest, wäre es auch so gewesen. Du hast dein Leben für mich riskiert. Ich weiß gar nicht, wie ich dir dafür danken soll.«

Franzi fuhr sich verlegen durch die Haare. Sie waren fast wieder trocken und standen in strubbeligen Büscheln vom Kopf ab. »Schon gut. Das war einfach ein Reflex, ich hab gar nicht großartig darüber nachgedacht, was ich tue.«
»Sei nicht so bescheiden.« Marie stieß Franzi scherzhaft mit dem Ellbogen in die Seite. »Du bist eine Heldin und damit basta!«
Kim nickte. »Was du getan hast, war total mutig. Ich hätte mich nie getraut, bei dem Sturm in den See zu springen.«
Franzi musste niesen. Sie war froh, ihr rotes Gesicht hinter einem Taschentuch verstecken zu können.
»Ich bin aber nicht nur Franzi zu Dank verpflichtet, sondern euch allen.« Bianka sah die drei !!! nacheinander an. »Ohne euch säße ich immer noch draußen im Bootshaus. Wer weiß, wann Björn mich freigelassen hätte. Ihr habt mich gerettet. Dafür werde ich euch ewig dankbar sein.«
»Gern geschehen.« Kim lächelte Bianka zu. »Ich bin froh, dass alles gut ausgegangen ist.«
»Und ich bin froh, dass jetzt endlich reiner Tisch gemacht wird«, sagte Bianka. »Die Zeit der Lügen und Geheimnisse ist vorbei.«
Leslie schmiegte sich an ihre Freundin. »Wie geht es denn jetzt weiter?«
»Ich werde der Polizei und dem Direktor alles erzählen. Juliana hatte nicht die Kraft dazu, aber ich schaffe das!«, sagte Bianka entschlossen.
Leslie sah sie erschrocken an. »Aber dann fliegst du von der Schule!«
»Das ist nicht so schlimm. Hauptsache, dieser Albtraum hat endlich ein Ende.« Ein Lächeln huschte über Biankas Gesicht und zum ersten Mal an diesem Abend sah sie beinahe glücklich aus.

Abschied ist ein bisschen wie sterben

Am Sonntag hatte sich der Sturm gelegt. Der Wind hatte alle Wolken vom Himmel gefegt und auf dem Weg ins *Café Lomo* schien Kim die Sonne ins Gesicht. Es war ein herrlicher Frühlingstag, aber Kim konnte ihn nicht genießen. Sie hatte einen Eisklumpen im Magen, der immer größer wurde, je näher sie dem *Lomo* kam. Denn dort wartete Michi auf sie. Kim hatte Angst vor der Aussprache, die zwischen ihnen anstand. Angst vor den Vorwürfen, die sie sich gegenseitig machen würden. Angst vor dem eisigen Schweigen in den Gesprächspausen. Sie seufzte. Was war nur aus ihr und Michi geworden? Früher hatte sie jedem Treffen entgegengefiebert und jetzt wurden ihre Schritte immer langsamer, um die Begegnung mit Michi noch etwas hinauszuzögern.
Um sich abzulenken, dachte Kim an den gestrigen Abend zurück. Sie hatten noch lange im Schüler-Café gesessen und sich unterhalten. Bianka hatte sich alles von der Seele geredet. Danach ging es ihr sichtlich besser. Es war schon sehr spät gewesen, als Kommissar Peters hereingekommen war und sie ins Bett geschickt hatte. Kim waren die Augen zugefallen, sobald sie in Leslies und Biankas Zimmer in ihren Schlafsack gekrochen war. Sie hatte tief und traumlos geschlafen.
Heute Morgen beim Frühstück waren die dramatischen Ereignisse unter den Internatsschülern natürlich Gesprächsthema Nummer eins gewesen. Alle hatten zu dem Tisch gestarrt, an dem Bianka, Leslie und die drei !!! gesessen und sich mit Brötchen, Pfannkuchen und Muffins vollgestopft hatten. Bianka war sehr still gewesen und hatte kaum etwas gegessen. Sie hatte Angst vor dem Gespräch mit Kommissar Peters, dem Direktor und ihren Eltern, das nach dem Frühstück anstand.

Die drei !!! hatten versucht, ihr Mut zu machen. Nach dem Frühstück hatten sie Bianka und Leslie ein letztes Mal umarmt und sich auf den Heimweg gemacht. Im Bus hatte Kim eine SMS an Michi geschrieben und sich mit ihm für den Nachmittag im *Café Lomo* verabredet.
Jetzt bereute sie diese Entscheidung. Sie hätte das Gespräch mit Michi gerne noch etwas aufgeschoben, aber dafür war es zu spät. Die Fassade des *Lomo* tauchte vor ihr auf. Kim atmete einmal tief durch, dann ging sie hinein.
Michi war bereits da. Er saß an einem ruhigen Tisch in der Ecke und spielte mit einem Bierdeckel herum. Als Kim eintrat, sah er auf und lächelte. Sein Lächeln traf Kim mitten ins Herz. Es schmerzte tausendmal mehr als ein böser Blick oder eine beleidigte Miene. Warum war Michi nur immer so lieb? Warum war er nicht wenigstens ein kleines bisschen nachtragend?
»Hallo, Kim«, begrüßte er sie. »Schön, dich zu sehen. Soll ich dir einen *Kakao Spezial* bestellen?«
Kim setzte sich und schüttelte den Kopf. »Ich nehme nur ein Wasser.«
»Okay.« Michi winkte der Bedienung und gab die Bestellung auf.
Kim betrachtete sein Gesicht, während er sprach. Seine braunen, fransigen Haare, die ihm immer ins Gesicht fielen. Seine grünen Augen, in denen sie so oft versunken war. Und sein Mund mit diesen wunderschönen Lippen, die sie so oft geküsst hatte. Alles war ihr so vertraut. Und doch kam es ihr plötzlich vor, als sei Michi ganz weit weg. Als wäre nicht nur der alte, schäbige Holztisch zwischen ihnen, sondern ein ganzer Ozean voller unausgesprochener Vorwürfe, Missverständnisse und Schweigen.
»Was ist?« Michi strich sich eine Haarsträhne aus dem Ge-

sicht. »Hab ich einen Fleck auf der Stirn oder warum guckst du mich so an?«

»Nein, nein«, sagte Kim schnell. »Alles in Ordnung.«

Michi griff über den Tisch und nahm Kims Hand. »Ich war so froh, als vorhin deine SMS kam. Bist du noch sauer wegen gestern? Es war übrigens sehr nett beim Chinesen, du hast was verpasst. Aber das können wir ja irgendwann mal nachholen.«

»Ja, vielleicht«, murmelte Kim. Michis Finger schlossen sich warm um ihre. Kim wusste, dass das seine Art war, sich mit ihr zu versöhnen. Es wäre so leicht, darauf einzugehen und den dummen Streit einfach zu vergessen. Wieder zur Tagesordnung überzugehen. Michi dabei zuzuhören, wie er von dem Abend mit seinen Freunden erzählte oder ihr seinen Vorbereitungsplan für die Ausbildung erklärte. Aber wollte sie das wirklich? Kim schloss kurz die Augen und sammelte Kraft für das, was nun kam. Dann entzog sie Michi ihre Hand und sagte klar und deutlich: »So geht es nicht weiter, Michi.«

Michi sah sie an. In seinen grünen Augen erkannte Kim völlige Ratlosigkeit. Und einen winzigen Funken Angst.

»Was meinst du damit?«, fragte er. »Was geht so nicht weiter?«

»Das mit uns.« Kim sah auf ihre Hände, die wie zum Gebet verschränkt auf der Tischplatte lagen. Sie konnte Michis Blick nicht mehr ertragen. Die Angst, die in seinen Augen lauerte, fuhr ihr wie ein Faustschlag in den Magen und nahm ihr die Luft. Ein Gedanke zuckte durch ihren Kopf.

Was tust du hier eigentlich? Willst du das wirklich? Willst du hier und jetzt mit Michi Schluss machen?

Erst jetzt wurde ihr bewusst, was sie tief in ihrem Inneren schon lange geahnt hatte. Sie hatte es nicht wahrhaben wollen, hatte es verdrängt, aber nun ging es nicht mehr. Die verlorene Kette und die gefällte Linde waren Vorzeichen für etwas viel Schlimmeres gewesen: Sie würde sich von Michi trennen. Jetzt und hier. Denn wenn sie noch länger wartete, würde sie es vielleicht niemals schaffen.

Tränen schossen ihr in die Augen. Der Trennungsschmerz überrollte sie wie eine haushohe Welle und war so heftig, dass Kim beinahe laut aufgeschrien hätte.

»Weinst du etwa?« Michi hob die Hand, als wollte er Kim die Tränen aus den Augenwinkeln wischen. Aber dann ließ er die Hand wieder sinken. Vielleicht war es der abweisende Ausdruck in Kims Gesicht, der ihn zögern ließ. Stattdessen fragte er: »Willst du mir nicht endlich sagen, was los ist? Was quält dich so?«

Kim versuchte, die Tränen hinunterzuschlucken. Sie musste jetzt stark sein und die Sache zu Ende bringen. Je schneller, desto besser. »Es ist nicht mehr so wie früher zwischen uns«, begann sie heiser zu sprechen. »Ich weiß nicht, wann es angefangen hat und wie es genau passiert ist. Ich weiß nur, dass wir uns auseinandergelebt haben. Wir interessieren uns nicht mehr für dieselben Dinge. Wie lachen nicht mehr über dieselben Sachen. Wir reden ständig aneinander vorbei, streiten uns, machen einander Vorwürfe. Das muss dir doch auch aufgefallen sein!« Die letzten Worte schrie Kim fast.

Michi biss sich auf die Unterlippe. Ein Schatten huschte über sein Gesicht und verdunkelte seine Augen. Er sah Kim nicht an, als er antwortete. »Natürlich ist es mir aufgefallen. Aber ich dachte, das geht irgendwann vorbei. Wenn man so lange zusammen ist wie wir, ist es doch ganz normal, dass man auch mal eine Krise hat.«

Kim schüttelte langsam den Kopf. »Ich glaube nicht, dass es vorbeigeht. Dafür dauert es schon viel zu lange. Ich halte das einfach nicht mehr aus, Michi!«

Michi blickte auf. In seinen Augen lag so viel Schmerz, dass Kim zusammenzuckte. »Was heißt das?«
Er weiß es, dachte Kim. Er weiß genau, was los ist, aber er will, dass ich es ausspreche.
Als sie es schließlich tat, fühlte es sich unwirklich an. Als wäre Kim nur eine Zuschauerin und jemand anders würde an ihrer Stelle die folgenschweren Worte sagen: »Ich brauche Abstand. Und Zeit für mich, um über alles nachzudenken. Darum sollten wir uns eine Weile nicht sehen.«
»Du willst Schluss machen?«, fragte Michi fassungslos.
Kim nickte. Sprechen konnte sie nicht. In ihrem Hals saß ein dicker Kloß und sperrte die Worte ein.
Michi fuhr sich mit der Hand über das Gesicht. Seine Augen glänzten verdächtig. »Magst du mich denn nicht mehr?«
»Doch«, flüsterte Kim. »Darum ist es ja so schwer.«
Michi nickte langsam. Sein Mund zuckte, aber er weinte nicht. Noch nicht. »Ich wünsche dir alles Glück dieser Welt, Kim. Und ich hoffe, dass all deine Träume in Erfüllung gehen.«
Kim sah durch einen Schleier aus Tränen, wie Michi aufstand und seine Jacke nahm. Seine Bewegungen waren langsam, wie in Zeitlupe. Er kam zu ihr herüber und drückte ihr einen Kuss auf die Wange. Einen Abschiedskuss. Seine weichen Lippen auf ihrer Haut. Zum letzten Mal. Seine Stimme an ihrem Ohr: »Mach's gut, Kim.«
Dann war er weg. Kim spürte noch das leichte Prickeln seiner Lippen auf ihrer Wange und seinen Duft, der wie unsichtbarer Nebel in der Luft hing. Plötzlich wurde sie von der Einsamkeit überwältigt. Michis Abwesenheit brannte sich in ihr Herz und ließ es zu einem nutzlosen Klumpen zusammenschmelzen. Am liebsten wäre sie losgerannt und hätte ihn zurückgeholt. Alles rückgängig gemacht. Aber sie tat es nicht.

Stattdessen legte Kim den Kopf auf die Arme und ließ ihren Tränen freien Lauf.

Geheimes Tagebuch von Kim Jülich
Sonntag, 19:01 Uhr
Achtung: Lesen für Unbefugte (alle außer Kim Jülich) streng verboten! Wer sich nicht daran hält, dem wünsche ich die Pest an den Hals. Oder Liebeskummer. Das Ergebnis ist dasselbe: Beides ist absolut tödlich.
Irgendwer hat mal gesagt: Abschied ist ein bisschen wie sterben. Das stimmt.
Ich habe mich heute von Michi verabschiedet. Und seitdem bin ich wie tot. Ich kann nicht mehr sprechen, nicht mehr denken, nicht mehr lachen. Meine Muskeln gehorchen mir nicht, jede Bewegung ist eine Qual. Ich fühle nichts mehr. Nur noch diesen schrecklichen Schmerz, der alles andere auslöscht.
Seit Stunden liege ich auf meinem Bett, wie betäubt, starre an die Decke oder in die Dunkelheit hinter meinen Lidern. In meinem Kopf ist immer nur sein Name:
Michi, Michi, Michi.
Er ist der Einzige, der mich retten kann. Ich rufe ihn stumm, aber er antwortet nicht. Ich habe ihn weggeschickt und nun ist er fort. Habe ich das Richtige getan? Oder war es der größte Fehler meines Lebens? Wer kann mir die Antwort sagen? Wer kann mich aus dem schwarzen Loch der Verzweiflung befreien?
Niemand.
Ich bin allein.

»Du bist nicht allein«, sagte Marie mit Nachdruck und sah Kim dabei ernst in die Augen. »Du hast Franzi und mich.«
»Genau.« Franzi nickte. »Wir stehen das gemeinsam durch, okay?«

Kim nickte stumm. Sie hatte einen Kloß im Hals, aber sie weinte nicht. Sie konnte nicht mehr weinen. Alle Tränen waren in den letzten Tagen aus ihr herausgeflossen. Jetzt fühlte sie sich ausgelaugt und leer, aber auch von einer seltsamen Ruhe erfüllt.
Kim, Franzi und Marie hatten es sich in Maries Zimmer auf dem flauschigen Teppich bequem gemacht. Auf der Fensterbank brannten Kerzen, die einen leichten Orangenduft verbreiteten. Der sollte laut Marie aufmunternd wirken. Vielleicht stimmte das auch, denn Kim ging es schon ein kleines bisschen besser. Vielleicht lag das aber auch an der Gesellschaft ihrer Freundinnen. Marie und Franzi hatten ein Liebeskummer-Notfalltreffen einberufen. Franzi hatte extra einen Schokoladenkuchen für Kim gebacken und Marie hatte kiloweise edle Pralinen im teuersten Feinkostgeschäft der Stadt gekauft. Sie wurden von Hand gemacht, waren unglaublich lecker und hatten vermutlich ein kleines Vermögen gekostet.
Kim nahm sich eine Walnuss-Marzipan-Praline und biss hinein. Die Nuss zerbarst mit einem leisen Knacken zwischen ihren Zähnen und das Marzipan schmolz förmlich auf der Zunge. Einen Moment gab sich Kim ganz dem himmlisch-süßen Geschmack hin.
Franzi verteilte Kuchenstücke auf die Teller. »Der Kuchen ist leider etwas angebrannt«, entschuldigte sie sich. »Ich hoffe, er schmeckt trotzdem.«
»Ihr seid so lieb.« Kim lächelte ihre Freundinnen an. »Ich wüsste nicht, was ich ohne euch tun würde.«
»Dazu sind Freundinnen doch da. Ihr habt mir ja auch geholfen, als ich mich von Holger getrennt habe.« Marie steckte sich einen Knuspernougat in den Mund. »Wart's ab, bald geht es dir wieder besser. Die ersten Tage nach einer Trennung sind die schlimmsten.«

Kim nickte. »Hoffentlich. Seit Sonntag fühle ich mich einfach grauenhaft. Irgendwie unvollständig, als hätte man mir ein wichtiges Körperteil amputiert.«
Franzi drückte Kims Arm. »Kein Wunder, du und Michi, ihr wart schließlich ewig zusammen. Das muss furchtbar wehtun.«
»Hat er sich noch mal bei dir gemeldet?«, fragte Marie.
Kim schüttelte den Kopf. Michi hatte nichts mehr von sich hören lassen. Vielleicht hatte er sie ja bereits vergessen …
»Ist bestimmt besser so«, sagte Franzi. »Es ist leichter, wenn man eine Weile keinen Kontakt hat. Sonst werden die Wunden ständig wieder aufgerissen.«
»Aber jemand anders hat sich bei mir gemeldet«, sagte Kim, um das Thema zu wechseln und nicht länger über Michi reden zu müssen. »Bianka!«
»Was hat sie gesagt?«, fragte Marie. »Wie geht es ihr?«
»Ganz gut, glaube ich«, berichtete Kim. »Sie hatte ein langes Gespräch mit ihren Eltern, dem Direktor und Kommissar Peters. Sie haben sich gemeinsam darauf geeinigt, dass Bianka an einer anderen Schule noch einmal neu anfängt.«
»Arme Bianka«, sagte Franzi. »Das ist bestimmt ein schwerer Schlag für sie, oder?«
»Eigentlich klang sie eher erleichtert.« Kim ließ ihre Hand über dem Pralinenteller kreisen und entschied sich für einen Vanillecreme-Trüffel mit Pistazienstückchen. »Ich glaube, sie freut sich sogar auf ihre zweite Chance. Und mit Jason hat sie sich auch ausgesprochen, vielleicht gibt es ja doch noch ein Happy End für die beiden. Nur Leslie ist untröstlich. Sie wollte sogar gemeinsam mit Bianka die Schule wechseln, aber das haben ihre Eltern nicht erlaubt.«
»Vielleicht sollten wir sie mal einladen«, schlug Marie vor. »Als kleine Ablenkung. Was meint ihr?«

Kim nickte. »Gute Idee! Wir könnten mit ihr ins *Café Lomo* gehen, das gefällt ihr bestimmt.«
»Was wird denn jetzt aus Björn?«, fragte Franzi.
»Bianka hat erzählt, dass er bis auf Weiteres vom Unterricht suspendiert worden ist«, sagte Kim. »Er lässt sich im Internat nicht mehr blicken. Höchstwahrscheinlich muss er ebenfalls die Schule wechseln. Herr von Milow war jedenfalls total entsetzt, als er erfahren hat, was sein Sohn getan hat. Björn muss auf jeden Fall mit rechtlichen Konsequenzen rechnen. Immerhin war es Freiheitsberaubung, was er mit Bianka gemacht hat. Und er hat sie monatelang erpresst.«
Marie schüttelte den Kopf. »Ich kann immer noch nicht glauben, dass ich auf ihn hereingefallen bin. Wie konnte ich mich nur so in ihm täuschen?«
»Mach dir nichts draus. Du hast dich eben von seiner charmanten Art blenden lassen«, sagte Kim. »Und du warst nicht die Einzige.«
»Ein schwacher Trost.« Marie seufzte. »Bei der Gelegenheit ist mir übrigens noch mal so richtig klar geworden, was ich an Holger habe. Er ist ein grundanständiger Kerl, der mir nie etwas vorspielen würde. Vielleicht sollte ich ihn doch noch einmal anrufen …«
Franzi nickte. »Tu das. Dann hatte der Reinfall mit Björn wenigstens etwas Gutes.«
»Was gibt's denn Neues von Felipe?«, erkundigte sich Kim.
»Er und seine Mutter wollen noch ein bisschen bei seiner Oma in Mexiko bleiben«, erzählte Franzi. »Aber danach kommen sie nach Deutschland zurück.«
»Super!« Kim lächelte. »Da kenne ich jemanden, der sehr, sehr glücklich sein wird.«
Franzi wurde rot. »Na ja … Es wird bestimmt ganz nett, Felipe wiederzusehen.«

Marie zog eine Augenbraue hoch. »Wie – nur ganz nett?«
»Okay, okay, ich kann's kaum erwarten«, gab Franzi zu. »Zufrieden?«
»Und ob.« Marie grinste. »Ich habe übrigens auch Neuigkeiten zu verkünden.«
»Schieß los!« Kim sah Marie erwartungsvoll an.
Marie machte ein geheimnisvolles Gesicht. »Unsere Treffen in diesen heiligen Hallen sind gezählt.«
Franzi runzelte die Stirn. »Was soll das heißen? Dürfen wir dich etwa nicht mehr besuchen kommen?«
»Doch, aber ich werde dann nicht mehr hier sein«, sagte Marie.
Ein schrecklicher Gedanke durchzuckte Kim. »Hast du dich etwa tatsächlich im Internat angemeldet?«
Marie schüttelte lachend den Kopf. »Niemals! Unser letzter Fall hat mich ein für allemal von meiner Internatsbegeisterung geheilt. Es ist viel besser: Wir ziehen um!«
»Was?«, riefen Kim und Franzi gleichzeitig.
Marie nickte eifrig. »Einstimmige Entscheidung des Familienrats. Wir haben uns am Sonntag zusammengesetzt und jeder hat erzählt, was ihn nervt. Dabei ist herausgekommen, dass das Penthouse einfach zu klein für vier Personen ist. Kein Wunder, dass es Ärger gibt, wenn wir uns ständig gegenseitig auf die Füße treten.«
»Ich fass es nicht!« Kim war baff.
»Und wo zieht ihr hin?«, fragte Franzi.
»Mal sehen.« Marie lehnte sich zurück. »Papa hat vorgeschlagen, eine hübsche Villa im Ostviertel für uns zu suchen. Aber es wird natürlich noch eine Weile dauern, bis es so weit ist.«
»Wow!«, sagte Franzi beeindruckt. »Nicht schlecht.«
»Ich werde das Penthouse trotzdem vermissen«, sagte Kim.
»Ich auch.« Marie sah sich in ihrem Zimmer um. »Schließlich

lebe ich hier, solange ich denken kann. Es hängen so viele Erinnerungen in diesen Räumen. Darum fand ich die Idee auch erst gar nicht so toll.«

»Und warum hast du's dir anders überlegt?«, wollte Franzi wissen.

Marie grinste. »Weil mein Vater mir ein größeres Zimmer versprochen hat. Mit Kuschelecke, großem Fernseher und eigenem Bad. Bei der Aussicht auf ausgedehnte Schaumbäder ohne Störungen konnte ich einfach nicht Nein sagen …«

Franzi kicherte. »Typisch Marie!«

Kim hob ihre Teetasse. »Auf die Zukunft! Was sie auch bringen mag, wir sind immer füreinander da.«

»Auf die Zukunft!«, riefen Marie und Franzi.

Während die drei Tassen klirrend gegeneinanderstießen, wurde Kim plötzlich etwas klar: Solange Marie und Franzi ihre Freundinnen waren, würde sie nie wirklich allein sein. Und das war wichtiger als alles andere.

Clevere Girls knacken jeden Fall!

Die drei !!!

1 Die Handy-Falle
ISBN 978-3-440-10605-1

2 Betrug beim Casting
ISBN 978-3-440-10606-8

3 Gefährlicher Chat
ISBN 978-3-440-10607-5

4 Gefahr im Fitness-Studio
ISBN 978-3-440-10608-2

5 Tatort Paris
ISBN 978-3-440-10752-2

6 Skandal auf Sendung
ISBN 978-3-440-10753-9

7 Skaterfieber
ISBN 978-3-440-10904-5

8 Vorsicht, Strandhaie!
ISBN 978-3-440-10903-8

9 Im Bann des Tarots
ISBN 978-3-440-11152-9

10 Tanz der Hexen
ISBN 978-3-440-11153-6

11 Kuss-Alarm
ISBN 978-3-440-11418-6

12 Popstar in Not
ISBN 978-3-440-11424-7

13 Gefahr im Reitstall
ISBN 978-3-440-11425-4

14 Spuk am See
ISBN 978-3-440-11572-5

15 Duell der Topmodels
ISBN 978-3-440-11573-2

16 Total verknallt!
ISBN 978-3-440-11797-2

17 Gefährliche Fracht
ISBN 978-3-440-11873-3

18 VIP-Alarm
ISBN 978-3-440-11872-6

19 Teuflisches Handy
ISBN 978-3-440-12113-9

20 Beutejagd am Geistersee
ISBN 978-3-440-12114-6

21 Skandal auf der Rennbahn
ISBN 978-3-440-12000-2

22 Jagd im Untergrund
ISBN 978-3-440-12205-1

23 Undercover im Netz
ISBN 978-3-440-12200-6

24 Fußballstar in Gefahr
ISBN 978-3-440-12204-4

25 Herzklopfen!
ISBN 978-3-440-12259-4

26 Tatort Filmset
ISBN 978-3-440-11923-5

27 Vampire in der Nacht
ISBN 978-3-440-12132-0

28 Achtung, Promihochzeit!
ISBN 978-3-440-12133-7

29 Panik im Freizeitpark
ISBN 978-3-440-12135-1

30 Falsches Spiel im Internat
ISBN 978-3-440-12134-4

Jeder Band mit 128 Seiten, je €/D 7,95; Band 11, 16 und 25 mit 144 Seiten, je €/D 9,95

Preisänderung vorbehalten

www.kosmos.de **www.diedreiausrufezeichen.de**